Anatomia da noite

Dados Internacionais de Catalogação na Publicação (CIP)
(Câmara Brasileira do Livro, SP, Brasil)

El-Jaick, Márcio
 Anatomia da noite / Márcio El-Jaick. — São Paulo : GLS, 2009.

ISBN 978-85-86755-49-1

1. Homossexualismo 2. Romance brasileiro I. Título.

09-01216   CDD-869.93

Índice para catálogo sistemático:
1. Romances : Literatura brasileira   869.93

Compre em lugar de fotocopiar.
Cada real que você dá por um livro recompensa seus autores
e os convida a produzir mais sobre o tema;
incentiva seus editores a encomendar, traduzir e publicar
outras obras sobre o assunto;
e paga aos livreiros por estocar e levar até você livros
para a sua informação e o seu entretenimento.
Cada real que você dá pela fotocópia não autorizada de um livro
financia o crime
e ajuda a matar a produção intelectual de seu país.

Anatomia da noite

Márcio El-Jaick

ANATOMIA DA NOITE
Copyright © 2009 by Márcio El-Jaick
Direitos desta edição reservados por Summus Editorial

Editora executiva: **Soraia Bini Cury**
Assistentes editoriais: **Andressa Bezerra e Bibiana Leme**
Capa: **Gabrielly Silva**
Projeto gráfico e diagramação: **Crayon Editorial**
Impressão: **Sumago Gráfica Editorial**

Edições GLS
Departamento editorial:
Rua Itapicuru, 613 – 7º andar
05006-000 – São Paulo – SP
Fone: (11) 3872-3322
Fax: (11) 3872-7476
http://www.edgls.com.br
e-mail: gls@edgls.com.br

Atendimento ao consumidor:
Summus Editorial
Fone: (11) 3865-9890

Vendas por atacado:
Fone: (11) 3873-8638
Fax: (11) 3873-7085
e-mail: vendas@summus.com.br

Impresso no Brasil

Noite s.f. 1. Tempo que transcorre entre o ocaso e o nascer do sol, em determinado lugar da Terra, de outro planeta ou de um satélite.

Dicionário Houaiss da língua portuguesa

I ¦ O MARAIS NÃO ESTÁ PRA PEIXE

ABRO A PRIMEIRA CERVEJA pontualmente às 22h, de frente para o corpo tatuado de Dred Scott. O estalo que quebra o silêncio é um convite para Fátima, que surge no quarto abanando o rabo, irremediavelmente junkie: adora cigarro, pira com fumaça de maconha e não torce o nariz para nenhuma bebida alcoólica. Não titubeio: bafejo uma, duas vezes em suas narinas.

Ando numa fase Dred Scott. Mas já tive muitas outras: Eric Manchester, Matt Ramsey, Aiden Shaw, Joey Stefano, John Davenport, Zak Spears, Max Grand, Chase Hunter, Rex Chandler, Maxx Diesel, Arpad Miklos, François Sagat, Christoph Scharff, Francesco D'Macho, Thom Barron, Mike Roberts, Nick Piston, Dirk Jager, Shane Rollins, Jake Deckard, Dean Flynn, C.J. Knight, Marc Williams, Andrew Justice, Martin Mazza, Ty Lebeouf, Marcus Iron, Adam Champ, Carlo Masi, Dave Angelo, Tony Buff, Darius Falke, Damien Crosse,

Diesel Washington, Scott Tanner. Em geral, elas não duram mais de um mês. Então me canso em definitivo do indivíduo em questão. Dois anos atrás, se me dissessem que eu saberia o nome de uma centena de atores de filmes pornográficos, eu não teria acreditado. Hoje não apenas sei como tenho uma produtora preferida e, de algum modo, chego a me orgulhar disso. Vai entender.

Nos meus momentos mais iluminados, acredito que, na escada cármica, os atores de filmes pornográficos ocupam o degrau mais elevado. São seres evoluídos, com seu corpo aerodinâmico, seu sexo avantajado, sua vida de viagens transatlânticas e festas varando madrugadas. São verdadeiras fontes de inspiração, em sua busca sem limites pelo prazer, seu hedonismo irrevogável.

Dred Scott cospe repetidamente no homem que está comendo: o máximo da desinibição.

Não, o máximo da desinibição é François Sagat deitar seu corpo de músculos perfeitos no chão e abrir a boca também perfeita para receber o jato de mijo de três homens. O máximo da desinibição é conseguir urinar na frente de toda uma equipe de produção. Como eu dizia, seres evoluídos.

Quando abro a segunda cerveja, Fátima apenas levanta a cabeça e me encara. Aproximo-me dela. Bafejo uma, duas vezes em suas narinas.

Escancaro a porta do armário. Não quero vestir nenhuma destas trinta camisas, nenhuma das dez calças. Penso: *Preciso de roupas novas*. Mas escolho afinal duas peças, calço os tênis de sempre. *Preciso de tênis novos*. O espelho me diz que não estou nos meus melhores dias, mas é o que ele sempre me diz quando estou prestes a sair — a iminência de me encontrar à mercê da avaliação alheia, essa punheta —, e trato de ignorá-lo. As duas espinhas da testa tapo com corretivo, arrumo o cabelo com as mãos. E volto a me sentar de frente para o computador.

O brasileiro Rafael Alencar, de João Pessoa, Paraíba, come um sujeito flagrantemente dopado que volta e meia o provoca com perguntas como *Is that all you can do?* e *Why don't you fuck me like a man?*, ao que nosso paraibano responde num português repetitivo: "Leva essa pica, meu". Uma piada, uma delícia. A grande questão dos filmes do gênero: dependendo do estado de espírito de quem vê, transformam-se em comédias inigualáveis.

Rui chega às 23h. Aceita uma cerveja, desaba no sofá e diz:

— Bicha, a noite promete. — Toma um gole da bebida, passa a língua nos lábios. — Acendi vela para cinco santos, costurei a boca de um sapo e tomei banho de sal grosso. — Ele se interrompe. — Depois, evidentemente, passei 212 dos pés à cabeça.

Levanto minha lata em sinal de brinde.

— À nossa.

— A Nossa Senhora, que há de ouvir minhas preces. Veado encalhado é pior do que baleia. Não tem maré que o leve de volta para o oceano.

Sorrio.

— E o mar não está pra peixe.

— Não, amor, nunca. — Rui finalmente se volta para Fátima, que cheira a perna de sua calça. — Ai, filhinha, você é feia demais. Acredita que eu sempre me esqueço disso e, quando chego aqui, é uma nova surpresa?

Fátima levanta a pata direita. Chamo seu nome.

— Não fala assim com ela, porra.

— Ai, Henrique, com tanta raça de cachorro você foi escolher logo esse morcego. Quer dizer, sei lá, golden, dálmata, labrador, até cocker, embora os malditos fedam como o diabo. Ou então uma linha bem moça: poodle, yorkshire, lulu da pomerânia, já imaginou, você de legging preta levando sua cadelinha para passear no bairro?

— Eu gosto de buldogue francês — afirmo, pela enésima vez.

— Sim, mas a questão é por quê. Os infelizes podem ser dóceis, mas esteticamente são um suplício, a cara da fome. — Ele se vira para Fátima, afaga sua orelha. — Nada pessoal. Eu te amo de qualquer jeito, minha belezura dos infernos.

Rui pega na mesinha de centro a *Men's Health*. Aproveito para ligar para o Túlio, que diz já estar chegando. Quando volto da cozinha com mais duas cervejas, Rui folheia a revista com um sorriso no rosto.

— Isso aqui é a *Nova* masculina. Quer dizer, "Acabe com os pneus em dez lições", "21 coisas divertidas para fazer com uma mulher". Você está entendendo? Não dá. Por que você comprou essa merda?

— Foi um engano.

Rui me encara por alguns instantes.

— Acredito. Ou melhor, prefiro acreditar nisso a achar que você realmente gosta de lixo. — Ele joga a revista na mesinha e se levanta. — Se é para não ter conteúdo, que pelo menos tenha mais figurinhas. Vivemos na era do audiovisual, sem problema. Mas isso aí...

Ele desaparece no corredor.

Fito a parede nua, o prego onde outrora ficavam os *Girassóis* de Davi, a marca de suas delimitações.

— Geeente, esses caras são loucos — grita Rui, do quarto.

Levanto-me. Ele está assistindo ao filme que eu tinha deixado passando. Um homem enfia em si próprio um megaconsolo. Vejo a expressão perplexa do meu amigo.

— Dean Monroe.

— O quê, veado?

— Dean Monroe — repito.

— É sobrinho da Marilyn? Minha nossa, a tia não devia dar tão bem. Isso não é um cu, é um leque de possibilidades. — Ele se concentra na tela, sacudindo a cabeça. — Percebe a fisionomia serena da danada?

O interfone toca, é Túlio. Recebo-o com um abraço apertado. Ele parece abatido, entrega-me o pacote de cervejas. Vamos à cozinha. Ponho sobre a pia uma lata para cada um.

— Trabalhando muito?

Ele assente.

— Pra burro.

Ouvimos a risada de Rui. Túlio me lança um olhar inquisitivo. Encolho os ombros.

— Ele está vendo um filme de sacanagem.

No quarto, Rui já se sentou de frente para o computador. Olha para nós, ainda com o sorriso estampado no rosto.

— Tulipinha, minha flor, essas bichas são realmente loucas.

Túlio se retrai.

— Já pedi pra você não me chamar assim.

O mal-estar de Túlio só estimula as provocações de Rui.

— Ai, querida, não é segredo nenhum que a senhora é uma passiva requisitada nas alcovas mais apimentadas da cidade.

— Você já trepou comigo para saber minhas preferências?

— Linda, está no olhar.

Túlio sacode a cabeça, um leve sorriso no rosto. Proponho nos sentarmos na sala. Rui pausa o filme, levanta-se e bagunça o cabelo de Túlio.

— Amor, não liga pra mim. É inveja. Eu também, se tivesse esse corpinho irresistível de músculos exuberantes, esses lábios carnudos de querubim renascentista, faria a linha bofe, com voz grossa e essas camisas engomadas no melhor estilo AD ou VR. Quer dizer...

— Vamos — corto, indicando o corredor.

Na sala, Rui nos enrola um baseado, com Fátima rodando à sua volta. Túlio a suspende, coloca-a no colo. Ela se deita para receber o carinho. Olho para ela com culpa antecipada por deixá-la sozinha nesta madrugada. Ela parece antever minha saída, encara-me como se dissesse: "Você me troca por qualquer coisa". Onde eu estava com a cabeça quando decidi comprar uma cachorra? Na época, não sabia que minhas necessidades de companhia seriam menores do que as necessidades dela.

— Vamos combinar que hoje a gente não fala mal de ninguém? — propõe Túlio, pegando o cigarro que Rui lhe estende, depois de dar uma longa tragada.

Rui tosse a fumaça.

— Aloprou, bicha? — Olha para ele, o ar incrédulo. — Você não entende. A Fernanda Young disse: "Quando estou enlouquecendo, vou para Nova York esfriar a cabeça". Eu não tenho dinheiro para esfriar a cabeça em Nova York. Tenho que falar mal dos outros. Entendeu? É terapia de pobre, fundamental.

Túlio não responde de imediato. Dá a segunda tragada, antes de me passar o baseado.

— Recalque — diz, afinal.

— Sim, recalque. Mas eu sou a rainha do recalque, meu veneno destilado em anos de experiência. — Ele parece refletir. — Mas preciso confessar que também comecei a tomar remedinho de doido. Nem comentei com vocês, mas estou me sentindo assim a Virginia Woolf, minha loucura fragilmente controlada, até o dia em que decidir encher os bolsos de pedras e entrar na Rodrigo de Freitas, ou no Tietê.

— Você foi a um psiquiatra? — surpreende-se Túlio.

— Um encanto de homem, a resposta às minhas preces. Psiquiatra é o príncipe da modernidade.

— Para resolver qual dos seus problemas? — brinca Túlio.

— Minha ansiedade, querida. Eu já não aguentava isso de trabalhar pensando na academia, malhar pensando no jantar, comer pensando na sessão de cinema e assistir ao filme pensando: Merda, amanhã tenho de trabalhar. Parece brincadeira, mas não é nada divertido.

— E está sentindo alguma melhora? — pergunto.

— Amor, minha ansiedade está SOB CONTROLE, é incrível! Meus demônios, minhas pirações, tudo enclausurado.

Túlio ri.

— Agora só falta enclausurar a diaba-mor.

Rui o ignora.

Puxo a fumaça, prendendo-a nos pulmões o máximo que posso. Relaxo imediatamente o corpo, o mero ato de tragar tranquilizando-me. Fátima anda à nossa volta, comendo o ar. Fumo novamente e bafejo uma, duas vezes em suas narinas. Ela lambe o próprio focinho. Túlio se levanta e põe um disco para tocar. *I left a note on the dresser and my old wedding ring.* Acompanho a letra, mas apenas mentalmente. *These few goodbye words how can I sing?*

Túlio toca minha mão, oferecendo-me o cigarro outra vez. Sorri para mim.

— Um milhão pelos seus pensamentos.

Mas meus pensamentos já se foram, não lembro. E rio por isso, rimos os dois.

Rui se levanta.

— Olha, eu a-do-ro jazz, mas a gente está se preparando para sair, entendeu? Balada, noitada boa, não vou ficar ouvindo os lamentos de La Simone.

Ele tira o CD, sintoniza o rádio numa estação de música eletrônica e começa a dançar na sala. Eu e Túlio estamos chapados, o movimento máximo que conseguimos é dos músculos do rosto. E rimos.

Penso coisas importantíssimas, tenho sacadas geniais que esqueço no instante seguinte. Faço um esforço para guardar as frases, mas esqueço seu significado, e elas ficam despropositadas. Guardo: *Nós nos debatemos com o que somos.* Guardo: *Isto aqui é uma parte do todo, que não vejo.* Olho para Túlio e ele me parece diferente. Rui está diferente. A sala está diferente. Fito a estante que Davi trouxe e decidiu não levar e penso: *A dança dos objetos tem particularidades imprevisíveis.*

Fecho os olhos. Imagino uma fazenda de beleza impossível. O sol me aquece sem incomodar. O latido dos cães ao longe é um grito de liberdade. Visualizo claramente o varandão que sei contornar a casa, suas cadeirinhas de palha inusitadamente confortáveis. Invento um chiqueiro, um estábulo, invento um mundo perfeito onde não comemos carne de porco nem de vaca. Lembro o verso assustador de Angélica Freitas: "O boi que comes ontem pastava no campo". Invento alguém que me faz companhia, cuja presença é em si um conforto, um alguém para sempre, sem rosto, sem passado, sem profissão, um alguém que transcende o mundano, que garante a fuga afinal da instabilidade, um alguém de conto de fadas, aquele com o qual sonhamos na infância, o ombro ao alcance da cabeça exausta, a mão ao alcance da nossa procura, o olhar contemplativo atento a nossas idiossincrasias.

— Alberto mandou notícias — diz Rui, arrancando-me da fazenda imaginária. — Paris está difícil, não existe mais respeito no mundo, aqueles dramas que ele adora fazer, mesmo quando toma *le petit dejeuner* num café de frente para o Sena. Só enforcando a bicha.

— Ele também me mandou e-mail — respondo. — Quer que o visitemos. O apartamento tem dois quartos.

— Você está entendendo? O veado mora no Marais, naquele antro sofisticado, caro, de pederastas da cidade mais bonita do planeta, que o Rio de Janeiro me perdoe, num apartamento de dois quartos, com emprego invejável e reclama de tudo: o metrô, os turistas, as câmeras digitais, a violência, a falta de respeito, a falta de civilidade.

— Ele está sozinho — defendo-o.

— Ele está sozinho, eu estou sozinho, você está sozinho, mas algumas solidões são melhores do que outras. Eu não me importaria de curtir a *minha* solidão traçando croissants no Deux Magots.

Túlio diz:

— Você só pensa em comer.

— Não, bicha. Comer é paliativo, mas pelo menos não fico me lamentando pelos cantos. Ora, me poupe. Não tenho paciência para reclamação infundada. O veado volta e meia está acompanhado, o ar tropical dele encantando a francesada, mon amour para cá, mon amour para lá, depois a relação acaba, como tudo na vida, e voilà: prepare-se para a próxima. É como as coisas funcionam. E qual o problema disso? Quer dizer, o que falta ao Alberto?

— Ele quer uma história mais duradoura — respondo, antevendo a retaliação.

— É óbvio que ele quer uma história mais duradoura. Mas chafurdar na dor por causa desse desejo insatisfeito enquanto podia estar aproveitando a sorte que lhe coube, aquela bunda torneada eternamente virada para a lua, é absurdo.

Recordo o e-mail de Alberto, escrito às 5h da manhã do domingo passado, no qual ele dizia que se sentia velho aos 37 anos, que notava nitidamente se desfazer o elo entre ele e os homens mais jovens, o olhar agora menos correspondido, o outro não o reconhecendo mais como um igual, que ele só tinha o trabalho, e que o trabalho deveria ser o meio para um fim maior, mas nunca o fim em si, que estava cansado da arquitetura, cansado de sentir saudade, cansado de sair, cansado de beber e pagar caro para ouvir DJs imperdíveis, cansado do jogo da sedução, suas manobras, suas dosagens corretas, cansado sobretudo de não ter alguém que tapasse o buraco. "O Marais é um deserto", ele havia escrito.

— É uma fase — digo.

— Que dura quase quatro décadas — rebate Rui, sem titubear.

Túlio se espreguiça.

— O cara não pode nem sofrer?

— Pode — responde Rui. — Só não pode espernear.

"As pessoas se habituam ao vazio", Alberto havia escrito. "A aridez da noite se reflete em cada vinco meu", ele havia escrito. "Amanhã é o mesmo dia", ele havia escrito.

Não quero pensar em Alberto. Não quero pensar em nada. Levanto-me. Pego na geladeira três cervejas. Abrimos as latas, saúde! Fátima me encara do chão. Deve estar viajando. Davi dizia que, sendo fumante passiva de maconha, um dia ela entraria na onda de que era uma borboleta e sairia voando pela janela. Rio ao me lembrar.

Rui voltou a dançar no meio da sala, dublando uma cantora que faz a linha Beyoncé/Britney Spears/Christina Aguilera. Túlio o encara, entre contrafeito e divertido.

— Você é uma drag queen enrustida.

— Bicha, a única coisa enrustida em mim é o pit boy que guardo para me defender.

Túlio solta uma gargalhada.

— Que medo.

Entro na conversa:

— Cuidado com a She-Ra!

— Não tenha medo, Teela. Está com inveja só porque não tem um programa com o seu nome?

Levanto a lata num gesto de "Você venceu", mas não desisto.

— Mostre o pit boy para nós.

— Amor, só em caso de extrema necessidade.

Olho para Túlio.

— Ele luta tae kwon do, sabia?

Túlio não acredita.

— E eu sambo no Plataforma — provoca.

Rui contra-ataca:

— Estão explicados os pelos aparados das pernas.

— Vai se foder — diz Túlio, abrindo um sorriso.

— Amiga, não fica nervosa. Eu sei que hoje todo machão que se preza faz o dever de casa e raspa o corpinho com Lady Shave, contorcendo-se para alcançar a reentrância dos joelhos e dos glúteos bombados. Acho ligeiramente engraçado, mas fazer o quê?

Penso nas pernas raspadas dos caras da academia, as panturrilhas delineadas sem pelos, à mostra.

— Eu não gostava dessa história de corpo raspado, mas sabe que hoje gosto?

— É evidente — responde Rui. — O homem se acostuma com tudo. E, quando digo homem, as bichas estão incluídas.

Penso nas pernas peludas dos caras da academia, a penugem revestindo a pele. Viva a diversidade.

— Urso ou barbie? Eis a questão.

Rui parece refletir.

— Eu gosto da ideia do urso — responde afinal, devagar.

— O sujeito que curte os próprios pelos e não é obcecado por ter abdome tanquinho. — Ele para. — Evidentemente tem aqueles caras ma-ra-vi-lho-sos da Colt, que são a personificação do que deveria ser o urso. — Rui se detém outra vez, como se avaliasse uma questão de extrema importância. — O problema é que "urso" virou uma designação para tudo que foge ao esteticamente agradável. Tem trezentos quilos? Urso. Tem 150 anos? Urso.

"Quando começa a velhice?", Alberto havia escrito. "Quando perdemos a gana", ele havia escrito. Recosto-me na poltrona, tomo um gole de cerveja, mas já não sinto o sabor. Lembro-me dos poemas que ele escrevia quando ainda tinha 20 anos:

NOVO AMOR
No meu coração fechado
Abro uma perigosa fresta.

E:
O improvável só acontece
às vezes
pra deixar claro
que o impossível
não existe.

Lembro-me dos poemas que me mandou há pouco tempo:

MATURIDADE

A cada ano
vai-se um lote de inocência.

E:

Andei em busca
de querer ser um cara
que de modo algum
era eu.

E vi filmes que ele veria
e li livros que ele leria
e escrevi o que achei
que ele talvez escrevesse.

Quando enfim vi
que esse cara era eu
já não sabia de
quem eram os olhos que viam.

Quero telefonar para Alberto e dizer que está tudo bem, que tudo ficará bem, que, apesar de mais novo, amo-o com um amor de irmão mais velho e que esse amor não é vão, que nada do que vivemos é vão, que temos um ao outro, esse cliché verdadeiro, que temos sorte, que temos de acreditar nisso. Pego o telefone e chamo um táxi.

II ¦ O BAILE DE MÁSCARAS

AJEITO-ME NO ESPELHO UMA ÚLTIMA VEZ antes de apagar a luz do banheiro. Estamos todos prontos, dinheiro, documento, aquela pose idiota e leve embriaguez. Jogo dois palitos de carne para Fátima, que me encara com seu pior olhar acusatório.

— Já volto.

Ela nem pisca, os palitos caídos a seus pés. Rui nota minha relutância em deixar o apartamento e me empurra porta afora.

— Olha o drama, bicha.

No elevador, Túlio nos conta que tem um novo fuck--buddy. O homem é casado "com mulher" e trabalha num hospital. É técnico de qualquer coisa, o que lhe possibilita sair quando bem entende. Eles se encontram uma vez por semana, às vezes menos. Trepam num hotel do centro da cidade com lençóis rasgados e chuveiro sobre o vaso sanitário.

Rui abafa o riso.

— Raspar os pelos então se tornou imprescindível, hein? Pelo menos você escapa dos chatos.

Túlio encolhe os ombros.

— Será que eles lavam a roupa de cama?

— Uma aguinha com sabão devem passar — diz Rui.

Chegamos ao térreo. Cumprimentamos o porteiro, que faz sinal com a cabeça. A rua está fria, um vento bem-vindo. O táxi ainda não chegou. Aguardamos de braços cruzados.

— Cultivar o fuck-buddy é uma arte — digo.

Rui olha para Túlio.

— Viu, amiga, você é uma artista.

Ignoro o comentário.

— Não pode ter carência, não pode ter cobrança. Existem pré-requisitos psicológicos, não é para qualquer um.

— Chama o He-Man, que a Teela enlouqueceu — continua Rui.

Túlio ri, olha para mim.

— Eu sei o que posso e o que não posso esperar dele.

— Exatamente — argumento. — Não é qualquer pessoa que saberia.

O táxi chega. Rui toma o banco da frente, Túlio e eu nos acomodamos atrás. Insisto:

— Não é do ser humano querer ser amado? Como manter uma relação...

— Relação? — corta Túlio.

— Relação — confirmo. — É um tipo de relação, não é? Tem regularidade, regras. Como manter uma relação com alguém que quer você exclusivamente para sexo? — O taxista me olha pelo retrovisor. — Com alguém que telefona exclusivamente quando sente tesão?

— Qual é o problema, bicha? — pergunta Rui, com seu ar mais afetado.

O taxista fixa os olhos à frente, mal pisca. Penso: *Ossos do ofício.*

— Nenhum — respondo. — Mas isso exige uma personalidade específica. Acho que muitas pessoas acabam se envolvendo ou perdendo interesse ao ver que não seduzem além daquele ponto. Tipo "Por que você ainda não se apaixonou por mim?"

O silêncio toma conta do carro, mas não por muito tempo.

— Preciso rever seu mapa astral — diz Rui. — Pelo que me lembro, você está me saindo pior do que reza o Zodíaco.

Abro uma fresta na janela, sinto o vento frio no cabelo, uma súbita lembrança remota de quando andava de carro com meus pais, as voltas dadas pelo simples prazer de dar voltas. Era bom, as conversas que eu ouvia sem atenção, meus olhos então ávidos observando o mundo de passagem, e a delícia de observar o mundo de passagem, como mero espectador.

Paramos no sinal, surgem três meninos de rua, e fecho automaticamente o vidro. Eles passam por nós sem nenhum interesse, sentam-se na calçada para comer o que me parecem ser salgados enrolados num papel gorduroso. É inevitável o sentimento de culpa que me invade.

— Ser brasileiro é segurar o cu com uma mão e dar a outra à palmatória — murmuro.

Ninguém me ouve. Túlio está entretido com o grupo de pessoas que se encontra diante de um bar, Rui monologa com o taxista, que continua ouvindo de olhos fixos adiante.

No rádio, toca a versão brasileira de uma música americana deplorável. A versão consegue ser pior do que a original, mas, por sorte, o volume está baixo. Embora isso não tenha a menor importância, penso: *Onde estará Davi agora?*

Lembro suas últimas palavras: "Tem certeza?"

E minha última palavra: "Tenho".

Lembro o vazio que tomou conta do apartamento, o sentimento sufocante de fracasso. Quantos ainda por vir? Quantos já vividos?

Então não aprendemos?

Lembro o momento em que ficou claro que era o fim, quando olhei em seus olhos e tive medo de que ele não se visse refletido nos meus.

Reabro a janela, ponho a cabeça para fora. Rui me encara do banco da frente.

— Vai pegar uma pneumonia, veado.

Começou a garoar, viro o rosto para o céu que não vejo. O chuvisco pinica minha pele. Rio ao pensar: *Onde estará Dred Scott agora?*

Túlio segura meu braço.

— Tudo bem?

— Melhor impossível.

O corpo semianestesiado pelo álcool, a cabeça leve: minha ideia definitiva de felicidade. Passo a mão no rosto molhado, aspiro fundo o cheiro da chuva, que aperta. Mais uma vez, penso em Alberto, sua longa madrugada de sábado terminada debaixo de tempestade, numa caminhada a contragosto pelas ruas de Paris, "essa cidade de merda que não tem táxis quando a gente precisa", sua necessidade de me escrever de imediato para desabafar. "A aridez da noite se reflete em cada vinco meu", ele havia escrito. "Sexo pode ser mais solitário do que masturbação", ele havia escrito.

Imagino o apartamento relatado em minúcias no e-mail, o bom gosto, os objetos dispostos no lugar certo, como se posassem para uma revista de decoração, o espaço exíguo, o vidro fechado das janelas com vista para outras janelas de vidro fechado, o calor com cheiro enjoativo de rosas. Imagino sua chegada ali, hesitante atrás do *garçon aux yeux verts*, que deixa a chave sobre o aparador, tira a jaqueta, tira a camisa, a calça, a cueca, "um corpo realmente lindo", e se senta na cama esperando que Alberto faça o mesmo, que tire a jaqueta, tire a camisa, a calça, a cueca. Vejo claramente meu amigo pedir para usar o banheiro e ali encarar o espelho durante longos minutos, até sair afinal para o quarto e encontrar o rapaz de olhos verdes deitado de pernas abertas, "uma ereção realmente linda", fitando-o com um sorriso de canto de boca. Vejo Alberto se despir mecanicamente, largando as roupas no chão limpo, e subir na cama, abraçar o garoto "com piedade de nós dois" e fazer um sexo afoito, mais doído do que prazeroso. Depois a despedida segura de ambos, sim, estamos bem, sim, estamos plenos, temos nossa agenda cheia, nossa carreira exigente, nossa diversão certa, adeus, a gente se esbarra, claro, cuida bem desses olhos verdes, desse corpo bonito, sim, pode deixar, cuida bem desses olhos castanhos, desse corpo bonito, claro, a gente se esbarra. Vejo Alberto avançar pelo corredor escuro e apertar o botão do elevador como um autômato, abrir a porta do prédio e ganhar a rua sob a chuva inclemente, a água encharcando seu cabelo, arrancando dele todos os vestígios de que houvera, instantes antes, um contato íntimo, formando poças onde afunda os pés incertos. Ele fecha a jaqueta, enfia as mãos nos bolsos e apressa o passo, mantendo a cabeça baixa e a postura ligeiramente curvada de quem foge.

:

— A única vantagem da chuva — diz Rui, ao descer do táxi — é que a mulherada da chapinha fica em casa.

Corremos para debaixo da marquise, onde há uma pequena fila. Consulto o relógio: 1h15.

— De quem foi a ideia de vir para este bar antes da boate?

— Sua — respondem Túlio e Rui, quase em uníssono.

Por sorte, a fila anda rápido, e logo entramos. O lugar está cheio, cabeças se viram para conferir a mercadoria recém-chegada. Bem-vindos ao abatedouro. Desfilamos nossa alcatra até o balcão, onde pedimos as bebidas. Corro os olhos à volta, vejo um cara com quem saí faz três ou quatro meses, talvez um ano, cumprimentamo-nos com a cabeça, ele sorri. Na outra ponta do balcão, o atorzinho ex-galã de novela das oito afoga a depressão num copo de uísque. Há mais de cinco anos está na geladeira por viver sua sexualidade um pouco livremente demais. Há que ter discrição, aceitar as leis da selva.

— Sim, o mundo é cruel — murmura Rui, lendo meus pensamentos. — E as bichas socialites ainda vêm dizer à *Veja* que desconhecem o preconceito e a discriminação. Você está entendendo? É demais.

Túlio encontra alguns conhecidos, faz as devidas apresentações. Conversamos trivialidades. Aquela festa, aquele filme, vocês viram? Rui está claramente interessado em algum deles, porque usa o tom de voz que já reconheço e se mostra menos ríspido.

— Não, não vi o filme. Li o título da crítica, "Um soco no estômago", e decidi que era melhor não. Já chega os que levo da vida.

Os rapazes riem, vejo os olhos de meu amigo se fixando no mais baixo dos três, um moreno de seus 40 anos, meio parrudo, camisa polo Lacoste, bem mesmo o tipo do Rui — seu oposto, o jacarezinho de boca aberta quase um fetiche —, embora ele jamais admita isso. Acho graça. O mais magro dos três se aproxima do meu ouvido, faz perguntas que respondo laconicamente, não por falta de educação. Seu interesse é óbvio, e não quero dar pistas erradas: as regras do jogo, um manual que aprendemos rápido.

O sujeito entende meus sinais, conhece de cor o trajeto do tabuleiro, sua peça agora obrigada a recuar algumas casas, sem drama. Daqui a pouco, lançará novamente os dados. A noite é uma criança.

Rui joga bem, avançou com cautela sua pecinha. Entretém o grupo com maestria, deixando cada vez mais claro seu interesse pelo Sr. Lacoste, que parece retribuir o interesse, ou sofre de um destes dois terríveis males: ser mau jogador, no sentido de infringir as normas estabelecidas por mera inaptidão, ou ter o defeito congênito de querer suprir sua carência ou baixa autoestima com o desejo manifesto do outro. Esses tipos são comuns, e é mister abandoná-los tão logo nos damos conta do erro. Caso contrário, não haverá vencedores.

Termino minha bebida, vou comprar outra. Não me concentro em nada, vejo uns olhos, uns braços, ouço risadas. Alguém diz:

— A cidade é uma aldeia.

Alguém responde:

— É, mas também é um labirinto.

Entro na pequena fila. Leio as letras garrafais nas costas da camisa do sujeito da frente: A/X. Baixo os olhos. A bunda é bem-feita, no meu estado alcoólico sinto vontade de simplesmente me esfregar ali, um clima metrô lotado. Mas me contenho, é claro. Ele se vira para trás, demora três segundos com os olhos dentro dos meus. Sorrio. Ele desvia o olhar, aparentemente nervoso. Faz seu pedido, paga e desaparece.

Faço meu pedido, pago e desapareço.

Quando reencontro Rui, ele está sozinho.

— Cadê o Túlio? — pergunto.

— Foi levar os amigos até a porta.

— Os amigos não quiseram ficar?

Rui sabe que percebi seu interesse.

— Não, vão acordar cedo para ir ao aeroporto.

— Hum. Pegar o namorado do Sr. Lacoste.

Rui solta um suspiro.

— Evidentemente. — Ele acende um cigarro. — A bicha está voltando da Finlândia, acho que trabalha na Nokia. Está encantada com o sol da meia-noite. — Ele se detém, aspira fundo a fumaça. — Quer dizer, se eu estivesse num lugar desses, só pensaria em cortinas e blecautes.

Túlio surge entre nós. Não parece ter notado o interesse de Rui por seu amigo.

— Fazia anos que eu não via esses caras.

A música parece mais alta. Começo a dançar de olhos fechados, minha cabeça se agitando para um lado e para o outro ao ritmo do bate-estaca, um "Não" eterno.

— Amiga! — Sinto a mão de Rui no meu ombro. — Alguém gostou de você, passou quase arrancando pedaço.

Abro os olhos. Rui indica com a cabeça o rapaz que se afasta em direção à porta. Leio as letras garrafais em suas costas, vejo a bunda bem-feita desaparecer mais uma vez na noite. Lembro os dias em que isso me deixaria mal, a promessa não cumprida talvez por uma falta minha, o autoflagelo que eu me imporia. Sorrio ao pensar que agora isso não tem a menor importância.

Bundas bem-feitas dão em árvore. (O super-herói em que a bebida me transforma.)

— Um oito — diz Rui.

Túlio se irrita.

— Você vai começar com essa merda de dar nota para os outros?

Continuo dançando. Ouço o que eles dizem, mas a conversa me parece cada vez mais distante. Rui levanta o cigarro à altura da boca e o mantém ali.

— Qual é o problema, mona?

— É nojento.

Rui vê passar um baixinho.

— Minha nossa! Cinco.

— Você já parou para pensar — insiste Túlio — que as pessoas podem estar fazendo o mesmo com a gente? Dando essas notas ridículas?

— Então, linda. E eu vou deixar por menos?

— Qual é o seu problema?

— Bicha, meu único problema agora é ter de responder a essas perguntas.

— Por que você é tão insuportável?

— Ai, mais uma! Amor, você acha que é fácil ser insuportável? São anos de dedicação.

— Eu acho que, entre todas as suas futilidades, essa de dar nota para as pessoas é a mais abominável. É fascista.

— Nossa, que sério! — Rui o encara. — Ah, está bem, vai. Eu admito que é um pouco cruel, mas existem crimes piores. É só um passatempo, linda. E você já reparou que eu não dou menos de quatro para ninguém?

— Você é tão generoso...

— Você também acha? O pessoal da igreja da minha mãe sempre diz isso. Eu tento explicar que não é o caso, que simplesmente não cabem tantos casacos no meu armário e que eu pre-ci-so seguir as tendências da moda, mas eles não se deixam convencer. Hum, nove — acrescenta, ao ver passar um moreno de tatuagem no braço.

— Beleza não é tudo.

Rui suspira.

— Querida, você está falando sério? Você quer me convencer, aqui, no meio deste bar apinhado de bichas bombadas que gastam pequenas fortunas no corte perfeito do jeans, que beleza não é tudo? Baby, é doloroso, eu sei, mas você está enganado. Quer dizer, é quase doce você pensar assim, mas é utópico.

Túlio sacode a cabeça.

— O que me consola é saber que você não acha realmente isso, que só fala essas bobagens para não perder a resposta.

Aos poucos o bar fica insuportavelmente cheio. A música está sem dúvida mais alta. No espaço que não há, as pessoas dançam como podem, olhares acesos para a luz caleidoscópica. Penso na primeira vez em que trouxe Lena aqui, sua ligeira aversão a tanta produção, essa mise-en-scène exagerada suscitando divagações sobre o mito da caverna: "Essas pessoas precisam quebrar os grilhões". Sinto súbita saudade de Lena, nossa época verde de faculdade, quando discutíamos cinema e literatura até a madrugada. Ela lia Octavio Paz enquanto passava a mão no meu cabelo, nem um fio branco quiçá sonhando em surgir. Tínhamos o mundo pela frente, e isso de modo algum nos assustava. Eu lhe ensinava francês, ela me ensinava a ser cada vez mais simples. Sim, era possível. Quando fumávamos, eu perguntava: "Se você fosse um animal, que animal você seria?" E ela pensava longamente, e eu pensava longamente, e ela dizia algo como "Um cavalo?", e eu pensava longamente, e ela pensava longamente, porque entendíamos como isso era importante.

Puxo Rui, pergunto em seu ouvido:

— Se você fosse um animal, que animal você seria?

— Uma salamandra — responde ele, sem hesitar.

Quebro a cabeça tentando lembrar o momento em que Lena e eu deixamos de nos telefonar, o momento em que se rompeu o que havia. Quem de nós? Em que circunstâncias? Para onde vão as pessoas que somem depois de marcar nossa vida? No fim, há algum sentido? Lena foi durante muito tempo uma tábua de salvação, a certeza de dias bons, então paramos de nos ver, paramos de nos falar e tocamos a vida, esquecidos, para que anos depois, numa madrugada fria de sábado, eu me lembre dela num bar barulhento do qual ela nem gostou. E o pior: não posso nem dizer que sofro por isso.

— Às antigas amizades — proponho, erguendo a bebida.

Meus amigos não escutam, mas levantam os copos:

— Saúde!

— À irmandade de Greyskull!

Meus olhos se prendem num garoto de cabelo castanho revolto. Leio as letras garrafais no peito de sua camisa: RL. Presto atenção nos lábios grossos, nos bíceps arredondados.

— Quero — digo para o Rui, apontando com a cabeça.

Ele avalia a carne.

— Você adora um oito. Mas esse cabelo, não sei.

— Eu gostei.

— É tão lésbica. Tão *L Word*.

Túlio intervém:

— Não liga para o que ele diz. O cara é um tesão.

O garoto me vê, nota meu interesse, mas desvia os olhos. E dança e dança e dança. Gosto de vê-lo dançar, o jeito macio com que move os quadris.

— Quero — repito —, mas não faço questão.

Insegurança, sem dúvida: todos os meus fantasmas devidamente trancafiados abrem o olho e espiam para fora da clausura. Embora eu jamais pudesse admitir isso aqui, entre tantas criaturas realizadas & autossuficientes, sou irremediavelmente humano. Tenho fraquezas que nem o álcool afoga.

Dez anos de análise me fizeram apenas entender que "essa insegurança vem da relação com o seu pai", mas não me deram antídoto que sequer se assemelhasse a uma cura. Driblo aqui e ali, levanto novamente depois do tropeço. E não emendo. Conhecer a raiz do problema não implica sua derrocada, só nos mostra a vasta extensão de nossa incapacidade.

Rui indica um sofá vazio.

Sentamo-nos de frente para a mesinha que exibe filipetas de festas, boates e saunas. "Com este, cinco reais a menos." "Até a meia-noite, cinco reais a menos." Promoções imperdíveis. Há um livrinho verde amassado, que Túlio abre ao acaso. Peço para ver a capa: *Gay questions — Quizzical queries into how you think, feel, love & live*.

Rui bufa.

— Uma piada.

Túlio vira algumas páginas. Lê:

— Que nome de filme melhor descreveria sua vida afetiva?

Rui não titubeia:

— *O náufrago.* — Então se corrige: — *A era do gelo.*

Vira-se para mim, à espera de uma resposta que não dou. Minha cabeça aérea paira no vácuo. Ele olha para Túlio.

— O seu é fácil, bicha: *A malandrinha.*

O garoto RL parou de dançar e passa a mão displicentemente no cabelo revolto. Cruza o olhar com o meu uma, duas vezes. Está com um amigo bonito, de barba ruiva bem aparada, que me lembra meu antigo boneco Falcon.

Rui diz:

— Isso é um dez, com honra ao mérito.

Túlio ergue os olhos do livro.

— Já fiquei com ele.

— Novidade, diaba. E aí?

— E aí, o quê? Como foi a trepada?

— Não, uma trepada é uma trepada é uma trepada. Eu quero saber do corpo dele.

Túlio parece refletir.

— Posso ser bem escroto?

— Querida, você está entre iguais.

— Apesar de ele dizer que era ativo...

— Bicha ativa não existe, é só uma questão de tempo. Ou de achar a pica certa.

— ... o cu era largo.

Túlio parece imediatamente arrependido de se mostrar tão superficial. Penso: *Na noite, nada tem importância.* Rui abre um sorriso quase maligno.

— Como diria John Holmes, Tulipinha, não existe cu largo, seu pau é que é pequeno.

Olho para o homem de barba ruiva e penso: *Que fim levou o meu Falcon?*

O garoto RL me encara com maior ousadia antes de desviar os olhos, eu o encaro com maior ousadia antes de desviar os olhos: uma dança sincronizada que desempenhamos habilmente.

Túlio volta a ler o livrinho verde. Rui acende outro cigarro, mas a fumaça não me incomoda. A fumaça faz parte do ambiente, o cheiro da nossa pequena selva.

— O menino que você foi — lê Túlio — se orgulharia do homem que você se tornou?

Rui diz:

— O menino que fui anda perplexo.

Túlio joga o livro na mesa, consulta o relógio.

— Não está na hora de a gente ir embora?

— Claro — respondo.

Rui se vira para mim.

— E o menino L *Word*?

Sacudo a cabeça. Levanto-me decidido, quero quebrar os grilhões, sair da caverna. *Que fim levou Lena?* Passo pelo garoto RL, nossos olhos se cruzando pela última vez, sem que isso tenha a menor importância. Bíceps arredondados dão em árvore.

:

A chuva apertou. Entramos no táxi, Rui novamente se sentando no banco da frente, Túlio e eu no de trás. Toca uma música digna de filme pornográfico, aquela batida insípida que serve de fundo para a ação. Mas, se isso fosse um filme pornográfico, Túlio começaria a apertar o próprio pau olhando para mim, eu começaria a apertar o próprio pau olhando para ele, o motorista nos observaria pelo retrovisor até tirar para fora uma pica enorme sobre a qual Rui se debruçaria. Não, isso não é um filme pornográfico. Rui fornece o endereço e se recosta no banco.

— O que a lésbica leva no segundo encontro?

Túlio e eu nos entreolhamos. Respondo afinal:

— Não sei.

— O caminhão de mudança — diz Rui. — O que o veado leva no segundo encontro?

— Não sei.

Rui se vira para nós.

— Que segundo encontro?

Túlio ri. Abro um sorriso forçado.

— De onde veio isso?

Rui se espreguiça.

— Eu estava pensando no seu menino *L Word*. Quem sabe, além do cabelo, ele também não tem alma de fancha?

Olho para fora. Debaixo da marquise, há pessoas envoltas em cobertores cinza. Uma criança engatinha na calçada enquanto os pais dormem. Murmuro:

— Meu Deus.

Quero parar o carro, acordar os pais, botar a criança em segurança. Mas já foi, passou: o táxi na velocidade da luz.

Olho para o céu fechado, nebuloso, sem nenhum sinal de Deus. Vejo um único pontinho brilhante e, contra todas as probabilidades, digo a mim mesmo que é uma estrela, a única, e que portanto tenho direito a um pedido, que formulo mal na cabeça, um desejo que, para se concretizar, ninguém mais pode ouvir. Fito o pontinho brilhante e me estendo na explicação do desejo secreto: _____ _____ _____ _____ _____.

Túlio confere o celular, sorri ao mostrar para mim a mensagem de seu fuck-buddy, enviada à meia-noite e meia: "Que tal hoje?" Ele responde digitando com surpreendente agilidade duas únicas palavras: "Me liga". Olho para o meu amigo.

— Você gosta dele?

Túlio ri.

— De jeito nenhum.

— Mas o sexo é bom — deduzo.

— O sexo é bom.

— E a mulher dele?

— Não pergunto nada.

— Mas ela não desconfia?

Túlio, tão cheio de valores, apenas repete:

— Não pergunto nada.

A música agora é uma balada das antigas, naquela linha Good Times, o que quer dizer que é do tempo em que eu dançava de rosto colado com Luciana Almeida nas festinhas que fazíamos semanalmente. Eu tinha 12 anos, o coração cheio de vontades afetivas e tesão zero. Minha timidez era o melhor álibi para os beijos que eu não dava, para os amassos que eu não dava. Eu trocava cartinhas de amor.

— Essa música é do tempo em que eu era apaixonado por uma menina.

— Essa música — diz Rui — é do tempo em que eu levava porrada da garotada.

Túlio brinca:

— Você devia adorar...

— Não, bicha, nunca fiz a linha masô.

O telefone de Túlio toca. Ele confere o número antes de atender.

— Alô.

[pausa]

— E aí?

[pausa]

— Tranquilo.

[pausa]

— Que horas?

[pausa]

— No lugar de sempre?

[pausa]

— Tudo bem.

[pausa]

— Até lá.

Fecha o aparelho e olha para fora do carro, a rua em movimento. Ponho a mão em seu joelho.

— Vai nos abandonar?

— Só mais tarde, se vocês já não tiverem me abandonado.

O táxi freia de súbito: um cachorro preto já manco se apressa para chegar à calçada. Olho para ele, o pelo molhado, o desamparo na madrugada. Penso em Fátima, acolhida na segurança do apartamento vazio. Estará sentindo minha falta? Estará dormindo? Estarão os barulhos noturnos desta cidade insuportavelmente barulhenta atrapalhando seu sono, mantendo-a acordada à minha espera?

Viro a cabeça à medida que o táxi se afasta. O cachorro se sacode debaixo da marquise e segue andando. Para onde?

Olho minhas mãos e penso: *Minhas mãos têm 35 anos.* Lembro-me de Alberto. "Estou velho", ele havia escrito. "O elo perdido", ele havia escrito. "As saunas de Paris dão descontos especiais para menores de 25 anos, e me sinto excluído já na entrada."

— Ai, posso trocar de estação? — pergunta Rui, para o taxista.

Atônito, o homem indica o aparelho como a dizer "Fique à vontade". Rui gira o botão. Descarta três estações até optar pela quarta: uma espécie de lounge. Vira-se para nós.

— Então, é o seguinte: bomba ou botox?

Túlio e eu nos entreolhamos, ambos parecendo acordar de sonhos remotos, chegar à superfície depois de deixar às pressas nossos calabouços.

— Hã?

— Não sei se tomo bomba ou ponho botox. A chave para a felicidade da bicha pobre é saber escolher.

— Bicha pobre não tem nem escolha — argumento.

— Ai, você entende tudo tão literalmente.

Túlio sugere:

— Botox, porque é inverno. Quando for verão, você toma bomba.

Rui parece se surpreender com a resposta.

— Tulipinha, não é que você está me saindo uma excelente camareira?

Túlio solta um suspiro, vira o rosto para a janela. Apesar da chuva, um grupo de pessoas se aglomera na frente de um bar, copos de chope na mão. Homens de risada alta. Mulheres de risada alta. O taxista desacelera para conferir duas garotas de seus 20 e poucos anos que enfrentam o frio com blusa de alça e saia à altura do joelho.

— Meu Deus, quantas louras! — exclama Rui. — Todas suecas. De uma cidade chamada Farmácia Pacheco.

Quando chegamos à boate, há uma pequena fila. Camisas apertadas, tênis coloridos, músculos definidos e olhares blasé. Túlio propõe:

— Vamos fumar unzinho?

Entramos numa rua transversal, escura, avançamos em direção ao breu absoluto, debaixo da marquise. A chuva açoita o capô dos carros, o toldo de zinco de uma loja. Olhando para os lados, Rui tira do bolso o cigarro, que surge com duas camisinhas e umas notas de dinheiro.

— Meus vícios — diz, acendendo o isqueiro.

Depois de aspirar a fumaça, esconde o cigarro na mão quase fechada. Túlio faz o mesmo, eu faço o mesmo: criminosos agindo como tais.

Ninguém passa na rua, não há vivalma. Por trás das grades e dos vidros escuros dos prédios, imagino porteiros atentos, olhos grudados em nosso ato ilícito. Por trás das venezianas cinza dos apartamentos, imagino moradores curiosos, o dedo pronto para discar o número da delegacia mais próxima. Mas é apenas minha paranoia. Não há nada além de portarias vazias, vigiadas por ninguém. Somos nós três aqui, neste canto da cidade.

Túlio me entrega mais uma vez o cigarro. Solta a fumaça presa nos pulmões por alguns instantes. Pergunta:

— Vocês já se deram conta de que nós nunca soubemos o que é transar sem camisinha?

— Jura, bicha? — rebate Rui. — Nem com um namoradinho?

— Você entendeu. A gente nunca soube o que é trepar sem camisinha, sem pensar que pode estar sendo infectado, que está fazendo a coisa errada. A nossa geração...

— A nossa geração teve muito mais sorte do que a anterior — corta Rui.

Penso nas trepadas com metragem de segurança. Até aqui, tudo bem. Até aqui, tudo bem. A escalada do risco: da abstinência ao sexo anal desprotegido, passando pelo terreno acidentado do sexo oral. E beijo de língua, pode? E se houver afta na boca, pode? Talvez uma nota 4 para o risco de infecção, é pegar ou largar. Penso na presença constante dessa consciência de perigo rondando a cama.

— Será? — murmuro.

Mas a conversa já avançou, ninguém sequer olha para mim. Túlio conta o que lhe aconteceu há pouco tempo num quarto escuro: o homem que estava fazendo sexo oral nele deixou seu pau coberto de porra.

— No começo, eu não entendi. Depois me dei conta de que ele estava me chupando depois de terem gozado na sua boca.

Rui abre o sorriso.

— É daí que vem a expressão: "Que porra é essa?"

Túlio ri, eu rio. Tão engraçado. Tão vertiginosamente hilariante. Que nota se dá a um episódio curioso assim, em termos de risco de infecção? Para o rapaz que estava chupando, uns 6. Mas havia aftas na boca? Para Túlio, 2 ou 3, talvez zero. Mas havia fissuras no pênis, perigosas microlesões?

Conhecemos o estatuto do sexo seguro, seus artigos, seus parágrafos, incisos, alíneas. Lembro-me do professor (de que matéria?) na universidade: "Não cabem regras no campo de Dionísio". E eu bebia suas palavras usando o filtro da autopreservação.

Não, nossa geração nunca soube o que é trepar livremente.

Quando trepamos sem camisinha, é com o cu na mão.

Muitas vezes, quando trepamos com camisinha, é com o cu na mão.

Penso em Tadeu, suas células T em boa quantidade, a doença mantida ao largo com alimentação adequada e os devidos remédios. Penso na realidade dos remédios, na consequência deles. "Eu estou diferente", ele havia me avisado, antes do reencontro. "Não é a doença, são os medicamentos." Penso em suas explicações, em sua quase vergonha por estar mudado: o rosto encovado, as pernas e os braços mais finos, a barriga inchada. Lembro a tristeza que senti ao abraçá-lo no aeroporto cheio, minhas lágrimas apenas mais algumas em meio a tantas: o regresso de filhos e cônjuges, as malas cheias de souvenires. Aqueles dez anos, para ele, tinham sido vinte.

Lembro sua apreensão para saber o que eu achava do motivo de sua viagem ao Brasil. "É fútil?", ele me perguntava. "Não", eu respondia, de coração. "Não quero ficar bonito, só quero voltar a ser eu, entende?", ele perguntava. Eu entendia, é claro. Mataria quem ousasse não entender. Lembro o dia em que o levei afinal ao cirurgião plástico, a consulta marcada com meses de antecedência, para ele e o namorado americano, depois sua alegria ao rever o próprio rosto.

Então outra vez a despedida, o aeroporto.

Sempre o maldito aeroporto.

Ele chorou um pouco, eu chorei um pouco. Davi, que acabava de conhecê-lo, chorou um pouco. Tadeu tem o dom de conquistar.

— Terra chamando Henrique — ouço Rui dizer.

Olho meu amigo, abro um sorriso.

— Estou aqui, rapaz.

Ele põe o braço em torno de mim.

— Vamos?

— Vamos.

Rui me estende o colírio, que pingo rapidamente, deixando escorrer um único filete. Rui seca-o com o dedo.

— Enxuga o pranto, moça.

Afastamo-nos do breu do fim da rua deserta, voltamos à fila. Outras caras: camisas apertadas, tênis coloridos, músculos definidos e olhares blasé. À nossa frente, dois amigos conversam com certa afetação.

— Quem quer mesmo pula logo, ele acendeu um cigarro.

— É, pediu ao bombeiro, ficou conversando. Enquanto isso, o trânsito.

— Ah, claro, todo mundo saía do carro para ver. Ele não queria, se quisesse.

— É, quem quer vai e pula.

Rui olha para mim, revira os olhos. Aproxima-se do meu ouvido.

— Essas pintosas...

A fila anda rápido. Pagamos: nenhum desconto para nós, nenhuma filipeta, a hora já avançada. Na entrada da boate, todos os que passam se olham no espelho, alguns se detêm por uns instantes, ajeitam o cabelo, outros apenas conferem a aparência às pressas. Rui revira os olhos.

— Espelho, espelho meu. — Então faz o mesmo, mas exagera no aprumo: para diante da própria imagem e dá uns tapinhas no rosto, mexe no simulacro de topete. — I'm ready for my close-up now, Mr. DeMille.

Seguimos em frente, o batuque surdo do house aos poucos se fechando sobre nós como água. Submergimos. Descemos ao fundo do oceano. Há um mar de homens sem camisa, bíceps arredondados, peitos largos, bundas bem-feitas, todos exigindo atenção, demandando um olhar mais demorado. Muitos usam óculos escuros, outros expõem as pupilas dilatadas. Por um instante, divirto-me com a ideia de que Rui, Túlio e eu somos irremediavelmente anacrônicos, com nossa maconha, numa época em que reina a bala.

Seguimos para o bar, vejo um sujeito com quem fiquei faz algumas semanas, talvez meses. Cumprimentamo-nos com um leve balançar de cabeça. Civilizados. Túlio pede nossas bebidas. Estou leve, minha mente parece prestes a flutuar.

Imagino-me pairando sobre a multidão, embalado pela voz da música, que repete: *Can you trust yourself?*

Túlio ergue o copo, consulta o relógio.

— Aos exatos sessenta minutos que passaremos juntos aqui.

Brindamos.

Bebemos, olhamos à volta: homens bebendo e olhando à volta.

Can you trust yourself?

Começo a dançar a despeito de mim mesmo. Está abafado, mas não importa. O calor é bem-vindo. Se fizesse frio, o frio seria bem-vindo. Estamos integrados ao universo, ao ritmo lento da Terra girando em torno de seu eixo. Gravidade zero aqui no fundo do mar.

Giro na cadência das batidas. Os bicos de um peito largo me encaram, minha cabeça aérea na velocidade da luz. Desvio o olhar, pensamento nenhum na mente, o nirvana absoluto.

Olho para Rui, de onde veio o colar de luzes coloridas que ele usa? Meu corpo se movimenta sem comando, por vontade própria. Os bicos do peito largo voltam a me encarar. Vejo a barriga definida, o começo da cueca preta sob a calça jeans surrada, a cueca preta onde diviso as letras vermelhas CK. Procuro o rosto, custo a percorrer o torso e deparo afinal com dois olhos cinza fixos nos meus. Um rosto sem idade, qualquer coisa entre 18 e 50 anos, as luzes brancas ora sobre ele, ora na superfície do oceano.

Os olhos cinza acesos, minha libido acesa. Aproximamo-nos como se fôssemos apenas bons atores seguindo à risca as diretrizes do roteiro. Não digo: "Meu nome é Henrique, qual é o seu nome?" Ele não diz: "Gostei de você, será que poderíamos nos conhecer melhor?" Ponho a mão em seu ombro, ele põe a mão no meu ombro. Corro a mão pelo seu pescoço, ele corre a mão pelo meu pescoço. E nos beijamos sem explosão de estrelas. Roçamos ereções. Ele tira minha camisa, prendo-a no cós da calça. *Can you trust yourself?* Ele me beija como se saciasse a sede, passo a mão em suas costas molhadas, até a camisa presa no cós da calça.

Abraçamo-nos.

Como se matássemos saudade.

Como se nos revíssemos enfim depois da travessia do deserto.

Como se nos quiséssemos bem.

Então eu o solto de leve, ele me solta de leve. Passo a mão pelo seu pescoço, até o ombro. Ele passa a mão no meu pescoço, até o ombro. E nos afastamos: apenas bons atores seguindo à risca as diretrizes do roteiro, minha cabeça aérea na velocidade da noite, o house me embalando para perto de Túlio e Rui, que se aproxima do meu ouvido:

— Um oito e tanto.

Dançamos até cansar, transpiramos álcool. O garoto CK sumiu, é como se jamais tivesse existido, deixando-me sem marcas, apenas a sensação boa de ter tido aquele peito largo ao alcance das mãos. Mas peitos largos dão em árvore.

Corro os olhos à volta. O excesso de movimento, o excesso de produção. O que Lena pensaria? De repente, caio no buraco escuro da maconha, a onda errada. Visto a camisa, olho para Túlio, o sorriso entreaberto de Túlio.

Olho para Rui.

— O que você espera daqui?

Ele me lança um olhar enviesado.

— Não começa, bicha.

— Por que você vem aqui? — insisto.

— Para ouvir as suas perguntas cretinas.

— Está procurando alguma coisa?

— Celebrar a vida, veado. Se o DJ ajudar e você permitir.

Reviro alguns fantasmas, o raciocínio sem fio nem meada.

— Nós estamos presos a isto.

— Bonita, a única coisa à qual estou preso é minha liberdade.

— Liberdade não existe, é um conceito vazio.

— Vazio é o estado do seu copo, e acho que é hora de dar um jeito nisso.

Ele me puxa para o bar. Túlio permanece dançando, abre mais o sorriso ao nos afastarmos. O balcão está cheio, com custo abrimos espaço. Pego um guardanapo, uns amendoins. Rui encontra um amigo, faz as apresentações, mas mal desprego os olhos do branco do guardanapo. Peço nossas bebidas, uma caneta. O barman de torso nu e olhos cansados é eficientemente simpático.

Abro o guardanapo, a caneta. Rabisco o canto superior direito até que a tinta surja azul. Olho para Rui, entretido na conversa, olho para o barman, para quem esta noite parece já durar quinze anos. Fecho os olhos e penso em minha casa, em Fátima, meu remédio antissolidão. Imagino-me no meu apartamento. Estranho isso de ter um apartamento. Escrevo:

Talvez se eu quebrasse os cálices
derrubasse a cristaleira e
os livros da estante talvez
se eu abrisse todas as torneiras
ligasse as luzes da sala inteira
e cantasse sem afinação e
dançasse sem roupa nem ritmo
uma dança quase parada
quase indecente e largasse
meus demônios (os quatro)
e soltasse meus bichos (os muitos)
e inventasse palavras que
talvez dessem conta do buraco
talvez
se eu descartasse a higiene
deixasse crescer a barba
permitisse o desgrenhado
dos cabelos e abrisse o
sorriso a qualquer hora
sem motivo aparente nem
pretensão de talvez pretender
um sorriso de volta
de qualquer gente

Pego outro guardanapo.

Se eu arrancasse da parede
o telefone, os quadros,

a tinta branca e me
abandonasse ao primitivo
da sala se eu deixasse
crescer no peito um suspiro
que saísse alto e demorado
que levasse toda a história
e me deixasse sem passado,
remorsos, culpas, saudade,
memória que me extraísse
as lembranças e me largasse
desprovido de laços resistentes
talvez
se eu armasse um circo
comesse carne crua
antes tirasse os pelos ou talvez
não: devorasse com pelo e tudo
e talvez esquecesse o desejo de ser
outro ou quem sabe não.
Se eu recomeçasse do zero
então:

Rui pega o primeiro guardanapo, corre os olhos pelo escrito, sacudindo a cabeça.

— Veado, eu preciso apresentar você ao dr. Souza.

Fito seus olhos, à procura de uma pista.

— Quem é o dr. Souza?

— Meu psiquiatra.

Tento sorrir.

— Eu já tenho analista.

— Seu caso é para psiquiatra.

Encaro meu amigo, seus olhos claros, o cabelo castanho. Estranho isso de ter um amigo. Sinto uma súbita ternura, pego sua mão.

— Nós estamos sozinhos aqui, percebe?

Rui não responde, tira o colírio do bolso e o estende para mim.

— Tome, seus olhos ainda estão vermelhos.

Obedeço como o bom menino que sempre fui: as boas notas, o bom exemplo.

— É importante que tenhamos um ao outro.

Rui revira os olhos.

— Daqui a pouco, você vai dizer "Obrigado por existir".

— Obrigado por existir — digo, arrastado, apertando sua mão. Quero pegá-lo no colo, poupá-lo da escrotidão do mundo, nenhum telejornal para o meu amigo, nenhuma volta pela cidade injusta, o cartão-postal de miséria, quero guardá-lo num casulo, longe do real.

— O mundo real é uma merda.

Rui afasta a mão, indica a multidão à volta, o fervo.

— Não, louca, o mundo real é fabuloso.

Bebo demoradamente, espio o barman de olhos cansados, seus gestos repetidos, a educação automática.

— O caso é que você é otimista, e eu sou realista.

— Não, você bateu com a cabeça.

Túlio parece surgir do nada. Está sem camisa, o cabelo castanho molhado nas têmporas. Alguns homens viram a cabeça para olhar o torso depilado. Ele olha os guardanapos abertos sobre o balcão.

— Esqueceram o caminho de volta?

Amasso os papéis, uso-os para enxugar as marcas de copos e garrafas. Rui responde:

— Esquecemos, bicha. É o que dá não jogar migalhas de pão pelo caminho. Aliás... — Ele indica dois garotos de seus 20 e poucos anos. — Olha esse casalzinho lindo saído assim de uma casa de pão de ló.

Olhamos os dois garotos, o viço das aventuras por vir explodindo em cada gesto seguro, a dança sensual que exibem para um terceiro, parado ali perto, seduzido. Acompanhamos a cumplicidade do casal no abate da caça, o fascínio da caça pelo jogo quiçá novo, até que de repente os três revezam beijos.

Encaro Rui.

— Você acredita em sexo a três?

— Bicha, não é exatamente algo de que eu só tenha ouvido falar. — Ele se detém por um instante. — Ai, você está parecendo aquelas pessoas que dizem: Eu não acredito em refrigerante diet.

— Mas é que acho tão complicado...

— O que você não acha complicado?

Não respondo. Ele me dá um simulacro de soco no peito, antes uma espécie de afago, como se estivesse arrependido por se mostrar tão ríspido. Meu amigo.

— Acho complicado quando tem afeto no meio — arrisco, afinal.

— O ciúme.

— O ciúme.

Túlio veste a camisa, tira do bolso um papel dobrado, que joga no chão depois de olhar para os lados. Rui sacode a cabeça, agacha-se para pegar o papel, abre-o devagar enquanto fita Túlio com seu olhar mais fulminante. Então lê.

— Eu sabia. A coitada vai ficar esperando o telefone tocar, e o telefone não vai tocar.

— Claro que vai — intervenho. — Tem sempre uma empresa de telemarketing para quebrar o silêncio da casa.

Rui está indignado, solta o papel no chão.

— E depois eu sou a escrota.

Sinto-me ligeiramente arrependido do veneno derramado. Imagino o cara à espera, o horror da espera de um telefonema que não virá. Lembro-me de meia dúzia de dias infernais, sobretudo de uma época distante, quando eu ainda não havia criado a casca protetora.

Mas são sempre foda as fases de aparente abandono, quando a secretária eletrônica mostra o eterno zero vermelho, parado, nenhum número piscando, mesmo que fosse 1, mesmo que fosse para ouvir o clique do aparelho sendo desligado no outro lado, o que poderia ao menos dar um pouco de asas à imaginação. É inevitável, porém: há fases em que nem a veterinária da Fátima retorna meus telefonemas, em que as únicas mensagens que recebo por e-mail são propostas tentadoras para aumentar o tamanho do meu pau.

— Eu não pedi o telefone — defende-se Túlio.

— Mas aceitou, veado.

Túlio solta um suspiro e consulta o relógio.

— O papo está muito bom, mas está na minha hora.

Abraça Rui, que lhe ajeita o cabelo.

— Vai embora, Tulipinha? Acabar com a Santíssima Trindade? — Ele bate de leve no ombro de Túlio. — Toma juízo, linda.

— Eu tenho juízo.

— Claro.

Quando nos abraçamos, Túlio diz:

— Boa sorte.

E por um instante não entendo "boa sorte". Até que ele indica Rui com a cabeça, abrindo um sorriso irônico. Sim, uma brincadeira: sorte para aguentar meu amigo.

— É preciso — diz ele, antes de desaparecer em meio às luzes caleidoscópicas.

:

Então somos Rui e eu.

Rui diz:

— Adoro esta música.

E me puxa para a pista.

E me deixo levar.

E dançamos próximos, no coração da pista.

E fecho os olhos.

E danço de olhos fechados.

Sem pensar em Alberto.

Sem pensar em Tadeu.

Sem pensar em Lena.

Danço como deve ser: inteiramente voltado para o momento, abstraído do mundo, o mundo apenas o movimento do meu corpo, alheio ao suor, volta e meia apenas atento ao contato casual com outros corpos, também suados, decerto alheios ao próprio suor, mas atentos ao contato casual com outros corpos. Nossa dança.

It's gonna be alright, tonight, cantamos junto.

Alright.

Tonight.

Sem pensar em Túlio.

Sem pensar no homem casado de Túlio.

Sem pensar em nada que se assemelhe a uma necessidade.

Não existem necessidades.

Existe a satisfação delas.

Um contrassenso.

Alright, tonight, cantamos junto.

O tempo para, desce do pedestal e se rende ao óbvio: ele não domina. Aqui, somos para sempre. Um minuto e uma hora têm a mesma duração, embora "duração" seja a palavra errada e não se aplique.

Acaba a música de que Rui gosta, começa outra, interligadas as duas, para não notarmos a passagem, tudo uma única torrente sem princípio nem fim.

Não penso em Fátima.

Não penso em ninguém.

Mantenho os olhos fechados, movimentando-me como um sonâmbulo em sono profundo. Não o acordem, é perigoso.

Sinto a mão de Rui me trazendo bruscamente à tona. Ele fita algum ponto à minha direita.

— Olha quem está aqui.

Viro a cabeça, vejo dezenas de homens, procuro conferir a eles algum significado. Não, não conheço ninguém. Rui se aproxima do meu ouvido.

— Ao lado da pilastra.

Vejo enfim o garoto RL, conversando com o amigo de barba ruiva que parece o Falcon, belos produtos na grande vitrine que é a boate. Tudo, todos à venda, o escambo de nossas imagens.

O garoto RL me vê.

Mantemos os olhos presos um no outro por um breve instante, desviamos o olhar quase ao mesmo tempo.

Não sinto cansaço.

Não sinto meu corpo.

O garoto RL irradia uma espécie de tranquilidade que me fascina e me mete pânico. Sua displicência, o jeito seguro com que está aqui, o jeito seguro com que bem poderia estar em casa, a mesma postura: uma calma, como se não tivesse sede, como se já andasse saciado e o mundo não fosse uma grande queima de estoque contínua, com mercadorias irresistíveis ao alcance da mão. Ele parece já ter tido, vivido, experimentado. Parece precisar de menos, o olhar indiferente de quem rodou mundo e tem uma profissão bacana, produtor, cenógrafo, um cara descolado.

Se eu estivesse sóbrio, não ousaria encará-lo: a baixa autoestima de merda que os anos de análise não curam. Mas estou embriagado, alucinado, e retribuo casualmente o olhar casual que ele me lança, faço seu jogo, invento novas regras, viro-me de costas para ele, danço como se fosse outra pessoa que dançasse. Não sinto meu corpo.

Sinto seu olhar na minha nuca.

Sinto o pescoço inteiro arder.

Passo a mão no pescoço, na cabeça, o suor molhando os dedos.

Dou meia-volta e o encaro mais uma vez.

Ele sorri, iluminando a boate.

Sorrio também.

— Mais uma dose? — pergunta Rui.

Respondo seguindo-o novamente ao bar, o círculo que percorremos como sonâmbulos.

Demoro a reconhecer o homem que está encostado no balcão, sorrindo para Rui, mas vejo enfim o jacarezinho de boca aberta na camisa polo.

— Acabei vindo — diz o Sr. Lacoste.

Rui o encara.

— Aproveitar a última noite de férias do casamento?

O Sr. Lacoste não responde, apenas ergue o copo com gelo.

Pedimos nossas bebidas, faço menção de me afastar, mas Rui me segura.

— Fica — sussurra.

O barman de olhos cansados abre um sorriso automático para o gringo que lhe estende alguns dólares amassados, sorri ao ouvir o que o homem lhe diz ao pé do ouvido, enquanto alisa seu braço de músculos trabalhados. Vejo-o recusar a proposta decerto indecente com extrema educação, o sorriso eterno, eficaz, que diz: No, thanks, eu adoraria, mas não posso.

Rui e o Sr. Lacoste conversam, mas não ouço o que dizem. Não ouço nada além da música, ela própria abafada, o batuque quase no meu peito, surdo. Encosto no balcão.

Vejo um ator de filmes pornográficos dançando sem camisa na escada, absorto em seu próprio mundo.

Onde estará Dred Scott agora?

Vejo os dois garotos da casa de pão de ló se beijando, o rapaz caçado há pouco tempo devidamente descartado.

Ou terá fugido?

O Sr. Lacoste se aproxima cada vez mais de Rui.

Meu amigo não se afasta.

O Sr. Lacoste crava o olhar cada vez mais fundo nos lábios de Rui.

Sinto urgência em dar o fora.

— Vou subir — aviso num sussurro, indicando o mezanino.

— Está bem.

Avanço pela escada com dificuldade, pé ante pé, uma luta à beira da diversão. Encontro um espaço livre no mezanino, de frente para a multidão que se agita na pista.

Agarro o parapeito e passeio os olhos: o excesso de carne nua, o excesso de óculos escuros, o excesso de movimento. Ao meu lado, um homem de seus 50 anos dança passos de outra época, caipirinha em punho, as roupas uma tentativa desesperada de se agarrar ao presente.

ANATOMIA DA NOITE 57

Sinto um começo de cansaço. Já não me mexo, apenas observo os personagens da noite. O enorme elenco fixo, alguns convidados especiais, meia dúzia de aparições ilustres. Confiro rosto após rosto, braço após braço, até avistar a tatuagem colorida que me parece saída de um sonho, uma espécie de déjà-vu. Mantenho os olhos presos no desenho: a esfinge de asas imensas e dissimulada avidez para devorar quem não decifra seus enigmas. Depois de tantos meses, o labirinto desaparece afinal e a cidade se transforma em aldeia. Davi está dançando no meio do salão.

E não está só.

Davi está dançando com alguém.

Agarro com mais força o parapeito, recupero involuntariamente um tanto de sobriedade, apesar de não conseguir raciocinar com clareza. O homem com quem Davi dança o encara com desejo evidente, mas Davi se movimenta de olhos fechados. Vejo as mãos do homem nos quadris de Davi, vejo uma das mãos de Davi no ombro do homem, a outra erguida, oscilando ao compasso da música.

Davi está bem, penso.

É como deve ser, penso.

Procuro entender o que sinto, pareço ouvir a voz da minha analista perguntando: Mas o que exatamente você sentiu? E a verdade, a mais dolorosa verdade, é que sinto algo que fica entre o ciúme e a inveja, embora não o ame mais, embora o cara com quem ele está dançando não me interesse.

A velha posse, a antiga rivalidade, sentimentos flagrantemente inferiores. Mas é inevitável: salto na areia movediça.

Parado no mezanino, não desgrudo os olhos do casal, observo cada movimento como se o gravasse a fogo na memória para considerações futuras. Vejo Davi abrir enfim os olhos, os dois se encararem muito sérios e se beijarem. Vejo a exploração dos corpos, sinto uma onda súbita de nostalgia piegas, digna de canções piegas e penso algo como: *Esse corpo que já foi meu.*

E sinto uma tristeza que sei tola, uma saudade que sei absurda.

O homem de seus 50 anos que dança ao meu lado esbarra em mim pelo que me parece ser a décima vez, e me seguro para não sacudi-lo, gritar algum insulto que lhe doa fundo.

Engulo o veneno.

A areia movediça aos poucos me traga. Sinto falta de ar, agarro-me ao parapeito para evitar o naufrágio fatal. Mas pareço condenado a olhar, olhar, olhar.

O homem que dança com Davi lhe diz algo no ouvido e se afasta, abrindo caminho entre a massa. Certifico-me de que desapareceu e volto a atenção para meu ex-namorado. Estranho isso de ex-namorado.

Ele se vira para um grupo à direita, reconheço seu melhor amigo, um novo corte de cabelo, o corpo mais bombado do que nunca. A esfinge colorida agita as asas na cadência da música. Fixo os olhos no rosto de Davi, esse rosto que durante uma época significou tudo para mim, povoou meus sonhos e piores pesadelos, o rosto que eu fitava madrugada adentro, depois de acordar em sobressalto, cuidando para que o dia não chegasse. E, olhando-o agora, não vejo nada além de um cara normal, bonito, mas bonito como muitos outros, um cara qualquer, a tatuagem previsível, a calça jeans previsível, o tênis de cor previsível, mais um entre nós.

Sinto uma mão no meu ombro. Rui diz em meu ouvido:

— Lembra que já fui uma moça de princípios?

Mas não consigo despregar os olhos do grupo, o melhor amigo de Davi se contorcendo de maneira afetada para fazer graça aos demais, três desconhecidos e o próprio Davi.

Rui segue meu olhar. Diz:

— Quem é vivo sempre aparece. Aliás, aqui, quem é morto também.

Olho afinal para ele, sem acompanhar suas palavras. Sussurro:

— Morto?

Ele me ignora.

— Ai, o cupincha do veado está fortíssimo. Quantos litros de deca, hein?

Volto o olhar para o melhor amigo de Davi, o corpo transformado.

— Ele sempre cuidou da saúde — observo. — Engraçado que agora tome bomba.

— Não, bicha. Ele sempre cuidou do físico. Comia bem e malhava feito louco não para viver até os 120, mas para estar com a carcaça em dia. — Rui se detém, parece refletir. — Não há contradição entre manter uma ótima alimentação, acompanhada de mil exercícios diários, e se esbaldar em drogas e esteroides.

Por alguns instantes, limitamo-nos a contemplar o grupo. Lembro o dia em que me dei conta do fim daquilo que era Davi e eu, a bigorna despencando na minha cabeça: Não tem mais jeito. Eu olhava para ele ruminando a certeza de que havia apenas o costume, nosso carinho quase de irmãos, nosso sexo quase uma tarefa a mais entre outras. Havia o cuidado recíproco, mas também uma irritação dissimulada sempre à beira de explodir, o jeito dele me dando nos nervos, meu jeito dando nos nervos dele, nós dois contando até dez para manter o castelo de tapume, nossa ideia equivocada de segurança. Não tem jeito, eu repetia a mim mesmo, com dificuldade de aceitar, recordando uma prova mais óbvia do que a outra e ao mesmo tempo lutando contra o exército da Precaução. Será que não é assim mesmo? Será que vale a pena terminar este se o próximo vai ser igual? Eu pensava extravagâncias desse quilate, porque nessa hora o que vemos é o beco. Não tem jeito, eu repetia, como se respondesse a um interlocutor invisível que me importunasse com uma única pergunta, insistente: Tem certeza?

Rui se vira para mim. Fica me olhando durante o que me parecem ser longos minutos

— Lembra que já fui uma moça de princípios? — repete, afinal.

Eu o encaro, seus olhos traem certa apreensão. Quero pegá-lo no colo, dizer que está tudo bem, que tudo vai ficar bem, mas só respondo:

— Lembro.

Ele desvia o olhar.

— Pois é. Não sou mais.

Ponho a mão sobre sua mão, as duas em concha, agarradas ao parapeito. Recordo seu cuidado comigo depois que

Davi e eu tivemos A Conversa, a atenção dedicada que me dispensava como se cultivasse uma plantinha difícil, telefonando na medida certa, dando-me espaço na medida certa, estando presente sem se impor, volta e meia despedindo-se com um "Força" que de algum modo me ajudava. Passo a mão em sua testa, enxugando-lhe o suor.

— Vai sair com ele?

Rui passa os dedos no cabelo uma, duas vezes.

— Com o homem casado que está querendo curtir a última noite antes da volta do marido? — Ele me encara. — Vou.

Procuro abrir um sorriso, mas sai apenas uma careta.

— É normal, humano.

Olho para a pista, Davi não está mais ali, o grupo desapareceu, não deixando nem o espaço que havia ocupado. A massa compacta de homens se fechou sobre o vão.

— Claro, humano — balbucia Rui, parecendo refletir. — Vale como justificativa dizer que ando muito sozinho?

Forço outro sorriso, dessa vez com maior eficácia.

— E quem está dando uma de bicha dramática agora?

Ele sorri meio a contragosto, seu sorriso de dentes perfeitos.

— Você não entende, amiga. Estou tacando fogo numa bandeira que sempre levantei.

— A fidelidade é...

— A fidelidade é um compromisso que eu prezo.

Discutir com Rui é cavar em chão de cimento pisado. Com pá de borracha.

— Pense assim: você não está traindo ninguém. É aquilo que o Túlio disse.

— Ah, que maravilha, nossa Tulipinha virando referência de moralidade.

Ele encara a multidão que se agita ali embaixo, sacode a cabeça, engole o resto do líquido que havia em seu copo e larga-o sobre a mesinha atrás de nós, o guardanapo úmido envolvendo-o pela metade, deixando à mostra o limão amassado no fundo.

— Vou indo.

— Depois me conta como foi? — peço.

Ele me dá um simulacro de soco no peito.

— Mando uma mensagem — promete.

— Bem específica?

— Bem específica.

Trocamos um abraço apertado. Quero dizer: Você é muito especial para mim. Mas já não estou chapado o bastante. Digo:

— Vamos nos ver esta semana?

Ele responde:

— Esta semana vai ser difícil. A enfermeira da minha mãe deve faltar, vou ter de me virar sozinho.

— A gente se fala — insisto.

— Claro — diz ele, já por cima do ombro, perdendo-se no redemoinho de gente.

III ¦ ISSO NÃO ACONTECE TODO DIA

OUÇO O BARULHO DO MAR, que me embala como uma velha cantiga de ninar, a brisa em meu rosto. *Boi, boi, boi, Boi da cara preta*. Não sinto a areia sob meus pés, não sinto a maresia, há apenas o estrondo das ondas quebrando em ritmo perfeito e esse vento que me seca o suor do rosto.

Passo a mão no rosto.

Penso: Esse rosto de 35 anos.

Imagino sua futura deterioração, a carne flácida, os vincos fundos, o brilho perdido. "Sua cabeça trabalha para o Mal", alguém havia dito, minha analista ou um amigo. "Você precisa ignorar seus pensamentos doentios." Sim, sem dúvida minha analista, as mãos entrelaçadas sobre o colo, as unhas curtas pintadas em tom moderado, posso vê-la claramente, ao som das ondas gigantescas que quebram nessa praia onde não sinto a areia sob os pés nem o cheiro da maresia, mas cuja brisa me seca prazerosamente o suor do rosto.

Como ignorar os pensamentos?

Quantos analistas são assassinados todos os anos por sugerirem absurdos dessa ordem?

Anos de análise me deram apenas a certeza das medidas a seguir, mas caminho nenhum. Explicaram a origem de todos os meus fantasmas com precisão científica, mas não me forneceram nenhuma arma que os afastasse. Continuo estacionado no vácuo da minha insegurança, temendo o mundo como, aos 13 anos, temia o escuro.

Penso em Fátima, seu medo de gente, seu medo de outros cães, seu medo dos ruídos do trânsito, nossos passeios sempre rápidos por sua necessidade desesperada de voltar para casa. E meu sentimento de culpa por talvez ter lhe transmitido esse pavor, o cachorro manifestando a personalidade do dono. Penso em nós dois, trancafiados no aconchego do apartamento, quase uma trincheira de onde enfrentamos o mundo. Nossa bolha particular, nossa solidão almejada, o conforto do previsível.

De olhos fechados, ouço o barulho do mar, essas ondas que parecem estourar dentro da minha cabeça, no ouvido da memória.

— Eu não acredito em refrigerante diet — ouço dizerem muito perto de mim. Viro a cabeça, com dificuldade abro os olhos.

A praia se desfaz, o alvoroço ritmado das águas se transforma na batida do house. Fito os dois garotos sentados ao meu lado, conversando com a certeza própria de quem é muito jovem, uma certeza cheia de gestos de mão e balançar afirmativo de cabeça.

Encaro o ventilador, que faz festa no meu cabelo.

Quero uma bebida, mas careço de pernas para chegar ao bar. Uma bebida que aniquile toda a consciência, a dose que falta. Quero exterminar de vez os pensamentos doentios.

Ou ir para casa.

A grande questão.

Levanto. Dou alguns passos até o parapeito do mezanino. E vejo o tempo parado, ou antes a antítese do tempo: essa fissura no tecido da continuidade. Nosso fundo de caverna, a salvo das leis básicas do universo.

Vou para casa, decide uma parte de mim.

Mas há o ímã que me prende aqui. As possibilidades da noite, uma resposta para as carências do corpo, quem sabe da alma, uma "chance" — essa palavra que abre cachoeiras na floresta.

Agarro o parapeito com as duas mãos. Investigo a pista demoradamente, deixando os olhos se arrastarem, cansados. Não sinto as pernas exaustas, não sinto os braços exaustos, mas engulo a certeza de que desabaria aqui mesmo se ouvisse minhas exigências internas. As mãos permanecem grudadas no parapeito, mantendo-me na vertical.

Identifico o gosto de melancolia que vem depois do bem-estar etílico, o primeiro de uma série de efeitos colaterais.

Penso: *Quando foi que fechei todos os meus horizontes?*

O caminho do bar me parece impossível, a bebida que falta aparentemente um prêmio depois do deserto a ser atravessado.

Aniquilar os pensamentos doentios. Uma alternativa a ignorá-los, essa impossibilidade.

Lembro-me de Alberto, que comprava palavras cruzadas e passava horas entretido, caneta em punho, a concentração totalmente fixa. Eu o encontrava no meio da tarde escondido atrás das revistinhas, deixando de existir na busca de sinônimos, deduções e cacos de conhecimento. "Ou faço palavras cruzadas", explicou-me um dia, "ou mato alguém."

Quero ir para casa.

Ouvir uma música calma, qualquer coisa antiga, talvez Dolores Duran:

Hoje eu quero a rosa mais linda que houver.

Vou arrancar as roupas, deixar acesa apenas a luz do abajur e botar para tocar o CD, desmoronar no sofá e esperar o nascer do dia.

Hoje eu quero paz de criança dormindo.

Qualquer coisa de antigo, que provocasse riso nas pessoas antenadas que lotam festivais internacionais de jazz e semanas de moda. Qualquer coisa de muito verdadeiro, de uma singeleza risível.

Vou botar as pernas para cima, massagear os pés, massagear o corpo moído e encarar o teto acompanhando a música com um sussurro quase mudo, só os lábios se movendo de leve.

Sim, para casa, a decisão foi tomada.

Mas me demoro um pouco mais, as pernas que me faltam, a cabeça aérea na velocidade da luz — ou seu extremo oposto, o que no fim é o mesmo —, a multidão ali embaixo exigindo uma atenção grávida de expectativas, o ímã opressivo.

Passeio os olhos.

Os olhos cansados que ainda obedecem.

Ou correm involuntários, quem sabe?

Vejo adivinhando, antecipando, em parte petrificado, em parte eternamente surpreendido.

Então avisto.

Num canto.

Ali entre os torsos nus: as letras garrafais num azul de céu turvo, os bíceps arredondados, os lábios grossos, o cabelo naquele despenteado perfeito, obtido diante da paciência do espelho.

O garoto RL dança.

Displicentemente.

Com aquele ar de quem já dançou o bastante nesta vida e agora se movimenta apenas para reavivar lembranças, esse ar de quem já viu o suficiente do mundo — as obras de Gaudí em Barcelona, o muro caído em Berlim, talvez hieróglifos desbotados em Luxor — e agora o contempla com um quê de enfado.

O próprio mundo em suas mãos.

O mundo a seus pés.

Ele ali, num canto.

Ainda de camisa, neste mar de torsos nus.

Estaria Rui certo? A alma de fancha, o caminhão de mudança.

O garoto RL dança sozinho e agora crava os olhos em mim.

Sim, os olhos castanhos cravados em mim.

Como uma menina adolescente, sinto o coração acelerar, uma descarga de adrenalina esquenta meu corpo, faz secar a boca. Já não estou embriagado o bastante, o torpor que me resta era apenas cansaço. Agora, nem isso. Meus sentidos em alerta, a pele antes dormente quase eriçada. Procuro retribuir o olhar, mas me falta naturalidade, e o encaro com um olhar gago.

Quero dar o fora.

Ele não é para mim, penso.

Esse horror.

Anos de análise, para quê?

O garoto RL irradia tranquilidade, o controle de seus movimentos, a vida em suas mãos, o mundo. Dança sua dança blasé, intimista, uma dança para dentro, e me encara e desvia o olhar e me encara novamente, à beira da performance, o domínio quase exagerado da cena. *Ele não é para mim*, penso. E mais uma vez cogito: meu apartamento, o sofá, a música, as pernas para cima.

Quero ir para casa.

Como se lesse minha mente, e se antecipasse a mim, o garoto RL dá meia-volta e abandona sua marcação, deixando o mundo ao mesmo tempo mais sem graça e mais seguro, uma realidade onde posso existir sem sustos, como quando era uma criança que lambuzava o rosto com comida e levava tombos.

A respiração se acalma, a autocensura acorda de seu cochilo: Um homem do seu tamanho!

Quero ir para casa.

Pé ante pé, avanço até a escada, desço os degraus sem olhar para os lados, concentrando-me apenas no ato de descer. Ignoro olhares, ignoro carões. O caminho da saída de repente me parece longo, a fumaça me incomoda, os corpos suados pelos quais passo rente. É claustrofóbico esse espaço gigantesco, abarrotado. Mas sigo com determinação, um objetivo claro à frente: o ar fresco da noite, o aconchego tranquilo do táxi, o apartamento onde tirarei a roupa e botarei as pernas para cima.

Então de novo o garoto RL.

Como uma maldição.

Ali adiante, como não notá-lo? O azul de céu turvo, os bíceps arredondados, o ar blasé.

Parado.

No centro do universo.

No meio do caminho.

Como passar por ele, apenas?

Desacelero a marcha, a mente em disparada.

Quero dar meia-volta, ir para onde?

Fugir, um homem do seu tamanho!

O garoto RL olha para mim.

Olha como se desnudasse a menina adolescente que imediatamente sente o sangue subir à cabeça, o coração bater na garganta. Ele me encara, e noto que há um ligeiro sorriso no canto dos lábios grossos. Quero dar o fora. *Ele não é para mim*. Mas, antes que possa dar o primeiro passo na direção dele, o primeiro de muitos passos que me levarão para além dele, o garoto RL vem em minha direção.

:

— E aí?

— E aí? — pergunto também, um eco aqui no fundo da caverna.

— Eu estava de olho em você. Já faz tempo.

— É mesmo? — digo, abrindo um sorriso involuntário.

— É mesmo — responde ele, os olhos que noto claros dentro dos meus. — Mas você é metido.

— Que é isso? — Aos poucos, encarno o bom ator que sou, minha farsa secreta digna de Oscar, aplausos da crítica e fã-clube. O bom ator apesar da sobriedade. — Eu sou supertranquilo. Superbacana. Superjovem. Superdescolado, a imagem leve que fazemos questão de vender, o prefixo dizendo mais do que a própria raiz.

O garoto RL me encara de muito perto, parece não ler a placa que sempre levanto em situações de risco e que diz:

MANTENHA DISTÂNCIA

Ou a que uso em circunstâncias-limite e que diz:

CUIDADO COM O CÃO

O garoto RL não toma cuidado, decerto ignora minha fome animal, meus dentes prontos para rasgar além de sua carne. Encosta os lábios grossos no meu ouvido.

— Então eu me enganei.

Já não sei do que está falando. O fio que perdi, a meada. Sua mão agora no meu braço. Minha mão que descubro em sua nuca. Ele me olha por um bom tempo, como quem quer deixar algo muito claro, antes de enfiar a língua na minha boca.

E nosso beijo parece um encontro.

O ritmo, os espaços preenchidos, o movimento dos lábios, um estudo de geometria. Ele tem uma calma que é minha. Eu tenho um limite na ânsia que é dele. Não penso no meu provável hálito de bebida, não sinto o provável gosto de álcool em sua língua. É como se apenas nos déssemos as mãos e fôssemos parceiros de time, cúmplices de caridade. Não há falta, não há luta, não há erro no tempo.

Não ouço a música infernal.

Não vejo nada além da escuridão.

E sinto calor. Seu corpo colado ao meu. O movimento mínimo de seu sexo contra o meu sexo, minha calça jeans contra a calça jeans dele.

— Você é gostoso — ouço, num sussurro abafado.

— Você é gostoso — o eco aqui no fundo da caverna.

Passo os dedos em seu cabelo ligeiramente desarranjado. Lembro-me de Rui: cabelo *L Word*. Sorrio, e ele beija meu sorriso.

— Quer sair?

— Claro — respondo. — Para onde?

Ele beija meu rosto como se fôssemos antigos amantes, como uma promessa.

— Estou morrendo de fome.

O garoto RL me puxa em direção à porta, a palavra SAÍDA quase o último quadrado no tabuleiro do jogo.

Avançamos lado a lado, os ombros roçando. Um homem de olhos cinzentos passa por mim sorrindo, e sei que o conheço, mas não o identifico de imediato, a memória fraca à beira do impossível. Ele me cumprimenta com um gesto de cabeça. Mas, só depois que sinto a mão do garoto RL apertar meu braço, como se afirmasse a posse, só depois que respondo ao homem também com um gesto de cabeça, é que recordo vagamente um peito largo, uma barriga definida e uma cueca preta com letras vermelhas.

Seguimos adiante, a palavra SAÍDA um anúncio de salvação.

No espelho, nossos reflexos a princípio são uma só massa, então vejo mais distintamente os vãos estreitos entre nós. Fixo os olhos em meu rosto, as entradas que já adivinho e que obtêm toda a minha atenção.

Ele não é para mim, penso.

Ele vai descobrir isso agora, penso.

Na luz externa, chapada, fora da penumbra caleidoscópica da caverna.

Mas engulo o dragão da insegurança: "Você precisa ignorar seus pensamentos doentios".

O bom ator, a tranquilidade necessária, um superequilíbrio.

Olho para o reflexo do garoto RL. Será que ele também, em alguma medida, a insegurança, um bom ator?

Ele se adianta para abrir a porta, a madeira pesada descortinando aos poucos a rua, deixando entrar o sopro frio e úmido da noite.

Vira-se para mim, põe a mão no meu ombro e me dá um beijo-surpresa de leve no pescoço antes de deixar de ser para sempre o garoto RL:

— Meu nome é Daniel.

:

— Foi um engano.

— E o que mais?

— Achei que estivesse apaixonado, mas foi só uma euforia.

— Euforia? — pergunto, incrédulo.

— Euforia.

— Hum.

Fito os olhos castanhos de Daniel, olhos secos. A mágoa já digerida, a história já repisada, contada decerto mais vezes do que gostaria o bom senso. Ele come uma batata frita, bota outra imediatamente na boca, mais uma. Limpa a mão no guardanapo.

— Não é um uso fantástico para a palavra?

— Sem dúvida — concordo. — Euforia.

Ele morde o sanduíche, mastiga com um misto impossível de displicência e voracidade.

— Eu não tinha o direito de enlouquecer um pouco?

— Completamente.

— Quer dizer, oito meses juntos, tudo correndo bem, de repente "Foi só uma euforia".

— É caso para tiro.

Daniel sorri.

— Você está gozando da minha cara?

— Não, estou falando sério. Por muito menos eu engatilharia o 38.

Ele sorri mais.

— Eu que me cuide.

Sinto uma pontada tola de alegria. Retribuo o sorriso.

— Depois não vai dizer que não foi avisado.

Ele pega o copo de refrigerante, fecha os lábios sobre o canudo, então deixa a bebida na mesa e se recosta.

— Sabe quanto tempo tem isso?

— O quê, o término?

— É. — Daniel faz uma pausa demorada, como se pretendesse aumentar o suspense. — Duas semanas.

— Duas semanas? — surpreendo-me.

"Mas sua tranquilidade", quero dizer.

"Mas sua estabilidade emocional, seu autocontrole."

— Duas semanas e três dias.

Ele continua falando, mas minha mente engasgou ao emendar raciocínios, e nela uma única frase se repete: *Que grande merda*. Vejo-o mexer a boca, os braços se agitando à guisa de ênfase, mas não ouço o que diz, não ouço a música ambiente, não ouço o grupo ruidoso da mesa ao lado. Apenas a frase.

Insistentemente.

Que grande merda.

Duas semanas e três dias.

Um fora saído do nada.

Depois de oito meses de relação.

Ele enlouquecendo "um pouco".

A garçonete se aproxima, Daniel pede alguma coisa.

— Você quer?

Forço um esboço de reação.

— Quero — respondo, sem saber o quê.

Ele se vira para a mulher.

— Então são dois.

Ela anota o pedido e se afasta. Daniel se volta para mim, os olhos castanhos ao alcance da mão, os lábios grossos ao alcance da mão, o cabelo revolto ao alcance da mão. Abre um sorriso.

— Estou cansando você?

— De jeito nenhum.

Ele me encara como se procurasse indícios, uma confirmação da minha sinceridade.

— É que realmente ando pensando nisso. Acho que vamos nos tornando pessoas piores. Quanto mais nos adaptamos ao meio, piores ficamos. Tipo, existe alguma coisa mais bonita e mais digna de piedade do que veado pré-saído do armário? A ingenuidade, o mundo cor-de-rosa. Depois a gente começa a tropeçar na vida, entender que não existem histórias para sempre, que ninguém vai nos amar incondicionalmente, que não somos tão especiais quanto imaginávamos.

— Você é um cara especial.

Daniel solta um suspiro, como se recusasse o elogio.

— Você entendeu.

— Entendi?

— Entendeu. Está na sua cara que entendeu.

Ele esfrega a mão direita no braço esquerdo, erguendo de leve a manga da camisa, o bíceps arredondado mais à mostra.

— E isso é bom? — pergunto.

— Nem bom nem ruim. Mera constatação.

As pessoas barulhentas da mesa ao lado se levantam, arrastando cadeiras. Todas usam roupas pretas, a pele descorada à beira de uma síndrome de icterícia. Com o olhar mais atento, noto que são apenas adolescentes.

A garçonete se aproxima com dois expressos sobre a bandeja. Leio o pequeno crachá em seu peito: SANDRA.

— Obrigado — digo quando ela põe a xícara à minha frente.

Sandra não responde. Afasta-se no ritmo suave da música ambiente.

Daniel sopra a bebida, encosta a boca na xícara.

Os lábios grossos, o jeito macio.

Que grande merda.

Mantendo o café à altura da boca, ele pergunta:

— E você?

— O que tem eu?

— Como foi o seu último término?

Meu último término. Uma tragédia, uma piada. "Podemos falar de outra coisa?", quero dizer. Daniel nota minha hesitação.

— Prefere não conversar sobre isso?

— Não, tudo bem — respondo, suspendendo a xícara.

Ele prepara a artilharia, os olhos acesos.

— Faz quanto tempo?

— Um ano, mais ou menos.

Daniel se recosta na cadeira.

— Ah, então você já está pronto pra outra — diz, sorrindo.

Pronto pra outra.

— Estou.

Ele não cessa fogo:

— Foi de repente como o meu?

A porta se abre. Dois gays entram na lanchonete e passam por nós lançando olhares de reconhecimento. Ambos na casa dos 30, ambos com roupas muito justas, como se embalados a vácuo. Trançam por entre as mesas e se sentam no fundo do salão.

— Não — respondo. — Foi aos poucos. A relação esfriou.

— O fim clássico.

— Eu sempre gostei de um clichê.

Ele abre um sorriso de canto de boca, um sorriso endiabrado de anjo caído.

— Quem terminou?

"Uma pergunta tola", eu lhe diria, se o contexto fosse outro, se ele não tivesse essa displicência que fascina, se não tivesse na voz a mesma essência do silêncio, o mesmo aconchego.

— Eu chamei ele para a Conversa.

— Entendo. — Daniel passa a ponta do dedo na borda da xícara. — Ele ficou arrasado?

Quase adivinho uma ponta de sadismo por trás da fisionomia séria.

— Nós ficamos arrasados.

Nós seguramos as pontas, nós atravessamos o terreno difícil. Eu saía com outros caras e me sentia como se estivesse traindo Davi, a mim mesmo, àquilo que éramos. Sentia falta do telefonema na hora prevista, da mensagem infalível na secretária eletrônica, da certeza de ter ouvidos garantidos para minhas vitórias e minhas piores derrocadas, sentia falta da entidade que formávamos. Revia nossas fotografias, as viagens, os momentos especiais, e sentia o gosto do fracasso.

— É foda — diz Daniel, como se chegasse à conclusão que vem depois de uma longa reflexão.

— É — assinto. — Mas passa.

Havia dias em que Fátima me olhava com sua carência canina de hábito e eu sentia culpa. Lembrava dos nossos passeios noturnos com ela, quando a soltávamos e nos deliciávamos com sua corrida desenfreada. Lembrava da época em que tudo não passava de brincadeira e, cheios de riso, insultávamos a sorte: "Quando nos separarmos, precisaremos de guarda partilhada da nossa filha".

Daniel confere a munição, puxa novamente o gatilho.

— Quanto tempo levou?

— O quê?

— Para passar.

— Uns meses.

Ele me olha, pela primeira vez na noite, com uma transparência que intimida. Como se estivesse de frente para o espelho, desprovido de máscara.

— Se existisse um jeito de acelerar o tempo — murmura.

— De tomar um remédio para dormir e só acordar...

— Não existe.

Ele abre um arremedo de sorriso.

— Isso é para me deixar pior?

— Não — respondo. — É mera constatação.

Daniel agora ri de fato, aponta para mim.

— Você...

— O que tem eu?

Ele pega minha mão, alheio às pessoas que nos cercam, aos possíveis olhares.

— Você é uma delícia.

Levo três segundos para recusar mentalmente o comentário, pensar mais uma vez na minha analista — uma espécie de obsessão às avessas, necessária — e engolir a vontade imperiosa de dizer "Não, você é uma delícia", minha resposta natural.

Daniel vira minha palma para cima, passa o indicador na linha da vida, na linha do coração, bobagens que aprendi com Rui. Corre os dedos pelo meu antebraço, circula o sinal de nascença no pulso.

— Você sente saudade de ser adolescente?

— Nenhuma.

— E criança?

Paro para pensar: os dias compridos, Nescau na cama, pique com os primos, espera ansiosa pelas férias.

— Não. — Penso melhor. — Só dos meus sonhos, que eram mais reais.

Ele passa o polegar pelo meu sinal como se quisesse apagá-lo.

— Qual foi...

— Você tem alma de jornalista — corto.

A princípio, Daniel se mostra surpreso, então parece entender minha observação, aceitando-a.

— Por causa das minhas perguntas incessantes — indaga, em tom de afirmação.

— É.

— Hum. Quer que eu pare?

"Quero, quero que você pare", eu adoraria dizer, mas respondo:

— Não. É só mais uma constatação.

Daniel já não ri, a piada que perdeu força.

— Você gostou disso, hein?

— Gosto de constatações — respondo, como se me justificando. — Minha frase preferida de todos os tempos é uma constatação.

— Qual é?

— "A Terra é azul."

— Do astronauta soviético?

— Do astronauta soviético.

Ele acha graça.

Sinto o rosto arder, os alicerces da minha ilusória autoconfiança rangendo sob o peso real de seu riso. Força um olhar de deboche.

— Você está gozando da minha cara?

— De jeito nenhum.

Os dois gays no fundo do salão volta e meia se viram para nós, o reconhecimento atropelando o bom senso. Daniel tira a mão do meu braço, e me parece errada a ausência do seu toque, quase antinatural não tê-lo brincando com os dedos em minha pele. Ele se recosta novamente na cadeira.

— Você podia me dar um desconto. Sabendo que estou nessa fase pós-rompimento.

— Você tem todos os descontos que quiser.

— Jura? E o que está à venda?

O que está à venda: uma cabeça assombrada de complicações, um corpo mantido em sua melhor forma a alto custo, um apartamento com vista para outros apartamentos, uma cadela de carência inesgotável, um laptop cuja tela deu pau e agora precisa de monitor externo, uma cama de casal com o lado esquerdo do colchão mais gasto do que o direito, uma coleção eclética de CDs, DVDs e livros, uma tela do Hopper, um guarda-roupa que parece sempre defasado. Uma geladeira com produtos contraditórios. Uma rua esparsamente arborizada, sem ladrilhos de brilhante. Um carro em bom estado, com IPVA em dia. Um coração sobre o qual o último inquilino esqueceu de botar a placa PASSO O PONTO. O que está ao alcance dos olhos e o que lhes escapa.

Vende-se um pedaço de história, alguns anos com promessa de décadas.

VENDE-SE

ESTA

ÁREA

E o que mais.

Com desconto.

Mas liquidação geral costuma assustar. E digo:

— Meia dúzia de artigos imperdíveis.

Ele toca minha panturrilha com sua panturrilha.

— Estou perdoado pela saraivada de perguntas?

— Está.

— Mas continuar nem pensar?

— Pode continuar — assinto. — O que vem na sequência do interrogatório?

— Minha cela.

Os olhos castanhos me fitam de um jeito que me obriga a desviar o rosto, a intensidade do olhar quase furando minhas retinas, devassando meus porões.

— Então.

— Então eu ia perguntar qual foi o último dia em que você se tornou uma pessoa adulta.

Encaro-o com alguma hesitação.

— O quê?

— Não parece que de vez em quando a vida nos deixa mais adultos?

Não, decididamente não estou disposto a cavar respostas, então fujo pelo caminho mais fácil: fazendo uma confissão absurda.

— Eu não sou adulto.

Ele ri, eu rio.

Do balcão, Sandra se vira para nós.

É fácil estar com Daniel, fácil aguentar seu arsenal de perguntas, reagir a suas atitudes e agir sem medo de suas reações.

Ele pede outro café, pergunta:

— Você quer?

— Não.

Quero a sua cela, mas não só. Quero além dela.

Aguardamos num silêncio provisório, ouvindo a música ligeiramente dançante, também esta de outro tempo, todas as estações presas num eterno programa Good Times. Olho para fora: a rua deserta, um alívio. Nenhum cachorro abandonado, nenhuma criança exigindo mais calos em nossa carapaça urbana, nenhuma criatura sob o amparo único da sorte.

O expresso chega. Novamente Daniel toca de leve a boca na xícara. Depois abre um sorriso.

— Qual é o segredo — começa, deixando o café sobre a mesa — de uma relação duradoura?

Penso em Davi, minha história mais longa. Nossos raros embates, nossa rotina confortável.

— Ceder — respondo. — Que é eufemismo para "engolir sapo".

— Hum — suspira ele, franzindo a testa, a encarnação do repórter investigativo. — O que mais?

— Basicamente isso. Permitir oxigênio ao outro.

— Senão ele não respira?

— Senão não há espaço para dois.

Ele se ajeita na cadeira, interessado.

— Você pode desenvolver isso?

Quase imagino a luminária baixa sobre nós, o espelho falso por trás do qual sou minuciosamente observado, meus menores gestos, o silêncio que estendo entre uma frase e outra. Mas sinto-me à vontade diante das exigências de Daniel.

— Nós precisamos ser menos nós mesmos.

Ele se surpreende.

— O quê?

— Inteiros, somos uma imposição grande demais.

Vejo em seus olhos a recusa do que digo, o limite que ultrapassei. Quero voltar atrás, ou antes uma parte de mim quer voltar atrás, dizer que não é bem assim, justificar-se, pedir comiseração: essa vida pesando sobre mim. Outra parte quer esticar ainda mais a corda do desafio.

Daniel respira fundo, estala os dedos, prepara-se para um novo round.

— Mas relação não é, de certa forma, aceitar o outro?

Hesito antes de responder:

— Na reciprocidade disso, a obrigação se dilui.

— Hum.

— E o amor não é incondicional. Não aguenta tudo.

— Hum.

Encaro-o.

— Eu gostaria que fosse.

— Mas não é — diz ele, como se concordasse comigo, como se, na verdade, quisesse me convencer disso. Então sinto a voz lhe faltar: — Nunca?

— Eu não arriscaria testar.

Daniel passa novamente a ponta do dedo na borda da xícara, olha para os lados, sua displicência um pontapé na minha libido. Esfrega a mão esquerda no braço direito, erguendo de leve a manga da camisa, o bíceps arredondado mais à mostra. Vislumbro o início de uma tatuagem negra no ombro.

— Você tem uma tatuagem — afirmo, divisando uma possibilidade de fuga: qualquer coisa para sair do terreno da seriedade.

— Tenho.

— Posso ver?

Ele exibe o desenho, uma espécie de tribal negra, contornada de azul. Adivinho que não é uma forma aleatória, mas a representação de algo. Daniel percebe minha vontade de decifrar a imagem e se antecipa:

— É um rato.

Sim, um rato, agora vejo: a cabeça, o corpo alongado, as patas, a cauda comprida.

— Algum motivo especial para isso?

Ele parece ligeiramente constrangido.

— É meu signo no horóscopo chinês.

— Ah — digo. — E como são as pessoas de rato?

— Não faço a menor ideia — admite ele, o ar blasé nas raias da indiferença. — Fiz a tatuagem na adolescência, quando signo parecia ter importância.

— Pretende tirá-la um dia?

Ele se mostra surpreso.

— Não. Eu gosto do desenho. Por ser estilizado, ninguém entende do que se trata. E nem sempre explico. Em geral digo: É o que você quiser que seja.

— Resposta de puta para: Qual é o seu nome? — comento, irrefletidamente.

Mas logo me arrependo. *Não temos intimidade para tanto*, penso. *Mal sei quem é Daniel*, penso. *Daniel mal sabe quem eu sou. E no entanto —*

É como se eu soubesse exatamente quem é Daniel. A sensação clássica, o máximo do clichê: quando alguém nos "cai bem", como se diz em espanhol, achamos de súbito que é como se o conhecêssemos desde sempre, ou como se nosso encontro estivesse marcado desde o começo de tudo, desde que um homem deparou com uma mulher e perguntou "Qual é o seu nome?" e ela respondeu "Eva" e perguntou "Qual é o seu nome?" e ele respondeu "Adão".

Daniel abre um sorriso, solta o ar pela boca. Chega a rir um riso macio antes de perguntar:

— E agora?

Cogito dizer: "A sua cela." Mas me comporto.

— Você é quem manda.

Ele me fita com seus olhos de anjo caído.

— Quer dar um pulo no meu apartamento?

Nem cogito dizer: "Não há nada que eu queira mais".

— Pode ser.

Ele pede a conta, dividimos.

Deixo uma gorjeta gorda para Sandra, que não responde ao nosso "Obrigado". Os dois gays no fundo do restaurante nos encaram sem pudor, um deles entortando a cabeça para nos ver.

Daniel abre a porta.

Ganhamos a rua, o ar frio da noite um sopro de possibilidades. Ele avança para o meio-fio, troca algumas palavras com o taxista, e entramos no veículo, minha perna colada à dele, um começo de ereção antecipada.

Então novamente o vento.

Novamente a cidade passando pela janela, nossa fuga alucinada alheia aos sinais fechados, que o motorista atravessa com a cumplicidade do nosso incentivo secreto.

Tenho pressa.

Olho para Daniel, a eterna displicência.

Ele se inclina ligeiramente em minha direção, aponta para cima.

— No terraço de cada prédio desses existe um suicídio potencial.

Um anjo de cabelo revolto que fala em suicídio no colo da madrugada. Um achado.

Vamos voar juntos, Daniel?

Vamos seguir juntos o caminho a partir daqui?

Eu com meus tênis batidos, você com suas botas gastas. Quando você se cansar, eu o levarei no colo; quando eu me cansar, você me levará no colo.

Vamos investir, mais uma vez, no impossível?

E acreditar.

E acreditar querendo, que é diferente de acreditar simplesmente.

Meu cansaço, a memória recente da bebida, nada contribui para que eu pense exatamente o que penso. Porque sobre tudo isso há a lucidez luminosa que confere a cada coisa seu tamanho certo. E o tamanho de Daniel é o infinito.

Chegamos ao prédio, que ele indica ao motorista. O táxi para em fila dupla e estendo as notas.

— Pode ficar com o troco.

O taxista assente, um leve balançar de cabeça.

Daniel abre o portão verde, abre a porta. Avançamos pelo corredor sombrio e subimos dois lances de escada.

— A cobertura — explica ele, enfiando a chave no buraco da fechadura, roçando o braço na minha barriga.

Quando a porta se abre, reconheço de imediato a tela do Victor Arruda na parede oposta, acima do sofá de couro preto. Há muitos papéis sobre a mesinha de centro, muitos papéis e livros sobre a mesa de quatro lugares onde Daniel joga a chave.

— Quer beber alguma coisa?

— Não — respondo, muito sério.

Ele se vira para mim, passa a mão na minha nuca, puxando-me: o beijo, um encontro. *Que grande merda.*

Daniel mete a mão por baixo da minha camisa, arranca-a com a medida certa de violência e cuidado, alisa meu peito, lambe meu pescoço antes de enfiar a língua novamente em minha boca.

Tiro sua camisa, corro os dedos pelo rato estilizado, nossos sexos duros roçando-se, nossa procura cada vez maior pelo outro, numa sede aflita.

Minha respiração alterada se soma à respiração alterada dele.

— Vem — sussurra Daniel, puxando-me pelo corredor.

Mas, como se pressentisse um perigo além do corredor, como se me lembrasse da fragilidade de todo momento e quisesse estancar o fluxo da ampulheta, colo com urgência o corpo em suas costas, detenho seus passos com um beijo no cabelo revolto.

— Você é muito gato — digo, num murmúrio involuntário.

Ele responde com um gemido.

Mas novamente:

— Vem.

Puxa-me pela mão, acende a luz do quarto: a cama de casal desfeita, as portas entreabertas do armário, alguns DVDs espalhados pelo chão, um livro grosso na mesinha-de-cabeceira, ao lado do despertador que nos indica o avançado da hora.

Noto tudo isso, mas não noto o principal.

O principal Daniel nota.

Ele avança num caminhar bonito de músculos delgados em direção ainda não sei de quê.

Até que percebo enfim a luzinha vermelha.

Piscando.

Uma inofensiva luzinha vermelha piscando, prenhe de surpresas.

Talvez seja imaginação minha, mas seu dedo parece hesitar alguns segundos diante do botão, antes de apertá-lo enfim.

E aí.

Uma voz feminina, em inglês, informa que ele tem uma nova mensagem.

E aí.

Ouvimos juntos a nova mensagem.

A voz masculina que diz:

"Oi, Dani, sou eu [pausa]. Faz um tempo que a gente não se fala e [pausa] espero que esteja tudo bem. Eu queria [pausa], sei lá [pausa]. Estou precisando conversar com você".

Daniel se senta na cama tão devagar que é como se eu estivesse vendo um filme, e a sequência se desse toda em câmera lenta. Ele apoia as mãos nos joelhos e encara o nada, alheio aos estilhaços da minha expectativa. *Que grande merda.*

Sinto-me de súbito um intruso no apartamento, numa história que não me pertence, aquela cama desfeita, aquele apelido carinhoso que me antecede, o mesmo apelido que eu um dia poderia lhe dar, quando telefonasse no meio da noite para dizer que estou com saudade, ou quando o chamasse da cama pedindo um copo d'água, aquele apelido que agora me exclui.

Quero desaparecer.

— Eu...

Daniel se vira para mim ainda muito devagar, a câmera lenta que não o deixa, e me olha como se surpreso por me ver ali, como se enfim lembrasse que estou na casa. Parece procurar as palavras, os olhos perdidos correndo pelo quarto.

— Você...

Mantenho-me imóvel, hesitante entre avançar ao encontro dele ou dar meia-volta e desaparecer do seu futuro. Sinto os pés colados no chão, nenhuma possibilidade de ação me vislumbra. Como a criança que espera um sinal do adulto, aguardo um movimento seu.

Daniel parece aos poucos recuperar seu ritmo natural, levanta-se, afasta a manta, estica o lençol, tira os sapatos, joga com uma casualidade carregada de intenção ambas as meias sobre a secretária eletrônica. Então finalmente para e me olha.

— Desculpa por isso.

Não sei o que responder, continuo preso à minha marcação, o ator que esqueceu as coordenadas da cena.

— Eu...

Daniel se aproxima de mim, beija mais uma vez minha boca. Junto meu torso nu ao torso nu dele, esforçando-me para esquecer seu olhar vazio, o nada que ele contemplava, esforçando-me para esquecer que ele decerto agora se esforça para esquecer.

Daniel me puxa para a cama, abre minha calça, senta em cima de mim e me beija com volúpia, os olhos apertados, mais do que meramente fechados, as mãos me buscando com intensidade crescente, uma intensidade que excede a minha, à beira do desespero, o encontro de nossos beijos se perdendo no desacerto, meu corpo aos poucos desafinando sob seu toque.

Sinto incômodo com sua sofreguidão, a ânsia fora do tom, cada nota errada do seu afobamento.

Ele abaixa minha calça, a cueca, segura meu sexo como se agarrasse o leme da embarcação desgovernada. E me chupa com a mesma velocidade demasiada, a pressão demasiada, um querer que me ultrapassa, que está além de mim, um querer grande demais para nós dois, que prescinde da minha presença.

Então para de súbito e murmura:

— Henrique.

Olho para ele: o cabelo ainda mais revolto, os lábios grossos ainda mais vermelhos, nenhum brilho no castanho das vistas.

— Eu sei — digo, também baixinho, como se não quisesse dar voz a este momento.

Ele se deita ao meu lado e encaramos o teto, lado a lado, nossa respiração ofegante o único ruído a desrespeitar o silêncio.

— Eu gostei de você... — começa ele.

Mas o interrompo:

— Não precisa.

Ele se vira para mim, apoia-se no cotovelo.

— Mas é verdade. E você sabe. Isso não acontece todo dia.

— Não.

Com alguma hesitação, ele dirige a mão à minha barriga. Então a deixa ali, imóvel.

— É uma merda.

Abro um sorriso torto.

— Uma grande merda.

Daniel começa afinal a correr os dedos pela minha barriga, novamente num ritmo que entendo.

— Eu gostaria de te ver de novo — diz. — Outro dia. Essa ligação. Me pegou de surpresa. E.

— Está bem.

Permanecemos em silêncio por mais alguns instantes.

Não sei como agir. Na dúvida, digo:

— Então acho que vou.

Ele se senta de súbito, as pernas cruzadas.

— Não. Quer dizer. Eu não quero te prender. Mas.

Puxo a cueca, a calça, fecho o zíper. Sento-me também, finalmente decidido.

— É melhor.

Ele me lança um olhar indecifrável, passa a mão no meu rosto.

— Eu gostei de você — repete.

— Também gostei de você — digo, mas já não o encaro.

Aproximo-me da beira da cama, ponho um pé depois do outro de volta ao chão. Daniel me observa, as pernas ainda cruzadas. Vacilo por alguns segundos: eu poderia ficar.

Nós poderíamos conversar sobre relações e términos insólitos.

Poderíamos trocar figurinhas.

Jogar baralho.

Assistir ao Discovery Channel.

Poderíamos recuperar o fio perdido.

Num impulso, levanto-me. Daniel abandona seu posto de mero observador e me acompanha, o ar contrafeito, talvez com ele próprio.

Voltamos à sala. A mesma sala de antes — a tela do Victor Arruda, a mesa abarrotada de papéis — e no entanto uma sala totalmente diversa: sem os véus do meu alvoroço de recém-chegado.

Daniel se detém ao lado da mesa e se vira para mim.

— Você não quer beber alguma coisa?

— Não — respondo, acrescentando como se me lembrasse afinal de uma recomendação materna: — Obrigado.

Olho para os livros, os muitos papéis, vejo alguns desenhos sexuais inusitados, palavrões escritos com Pilot, propostas libidinosas sublinhadas por números de telefone. Viro-me para Daniel com o olhar inquisidor. Ele pega uma delas.

— As obsessões que transformamos em trabalho.

— Trabalho? — pergunto.

— Tese de doutorado — explica Daniel.

Surpreendo-me por ainda não termos trocado informações desse quilate, tão básicas.

— Você faz doutorado — indago, em tom de afirmação.

Ele assente.

— Sou estudante profissional.

Volto os olhos para as imagens. Pego também uma delas.

— E as obsessões?

Daniel abre um simulacro de sorriso.

— As portas de banheiro público me fascinavam no começo da adolescência.

Um anjo de cabelo revolto que admite fascínio por portas de banheiro público. De fato, um achado. Uma perda enorme.

"Você faz doutorado em que área?", eu poderia perguntar. "Você gosta?" "Quantos anos você tem?", eu poderia perguntar. "Envelhecer te amedronta?" Mas mantenho silêncio, a cabeça baixa contemplando as palavras da fotografia.

Deixo-a na mesa, sobre as outras, e pego no chão minha camisa, largada ao lado da camisa dele, as letras garrafais no azul de céu turvo uma pontada de nostalgia: o começo da nossa história. Quase sorrio, quase soluço.

Daniel se dirige à mesinha de centro, pega um caderno pequeno de capa dura e escreve algo antes de arrancar a folha.

— Me liga.

Avalio a caligrafia bonita como quem confirma uma suspeita, leio *Daniel*, leio os números um a um, como se em voz alta. Com calma. Para estender ao máximo o momento.

Porque depois deste momento será o lá-fora, o caminho de volta para casa.

Ergo afinal a cabeça, encaro-o pela última vez, e nos abraçamos. E nos soltamos. E sigo para a porta. E ele avança no meu encalço e se antecipa quando vou botando a mão na maçaneta. E diz:

— Para você voltar.

E abre a porta. Que não range, nem oferece resistência, que se abre como se abrira minutos antes, à nossa chegada.

Atravesso a soleira que separa a casa de Daniel do resto do mundo, e o resto do mundo me parece um deserto inabitável, um lugar onde não quero estar. Viro-me para ele.

— Então, tchau.

Ele mantém os olhos castanhos de anjo caído sobre mim, nenhum sorriso nos lábios grossos.

— Me liga — repete, como um mantra.

Olho para o papel ainda em minha mão, ainda aberto, revelando a caligrafia perfeita. Ele atravessa também a soleira, aproxima-se, e, por um instante, desejo que faça novamente o convite, que insista para que eu fique um pouco mais.

Nós poderíamos discorrer sobre relações e términos insólitos.

Poderíamos trocar confidências.

Jogar conversa fora.

Assistir ao filme de sua vida.

Sim, se você me pedir agora, Daniel, eu vou dizer Sim.

Se você propuser, mesmo sem jeito, mesmo sem promessa.

Mesmo com a certeza do nada.

Eu vou dizer Sim.

Ele me abraça novamente e acende a luz da escada.

— Vai direitinho — murmura, no mesmo tom com que minha avó diria "Vá pela sombra", que minha mãe diria "Juízo".

Desço o primeiro degrau, o mais difícil, sob o olhar vigilante de Daniel, então o segundo, o terceiro, viro-me para trás e arrisco um gesto rápido de adeus, a mão erguida acima do peito por breves segundos. Desço o quinto degrau, o sexto, então faço a curva que me lança para além do campo de vista dele e sigo determinado para baixo, os olhos fixos na escada de mármore branco.

Estou quase no térreo quando ouço a porta dele se fechar. Diminuo o ritmo, aguço os ouvidos com um resto de esperança: os passos afoitos que eu poderia escutar, a descida desembestada pela escada, talvez um grito chamando meu nome, alguma coisa como "Henrique, espera". Mas não há nada além do eco de meus passos, Daniel devidamente recolhido no apartamento abarrotado de papéis e imagens de portas de banheiro, quiçá considerando telefonar para o ex-namorado, quiçá já com os dedos se atropelando sobre os números do aparelho.

Que grande merda.

IV ¦ SATISFAÇÃO PROVISÓRIA

A CALÇADA GELADA ME RECEBE a contragosto. Corro os olhos à procura de um táxi ou ônibus, mas a rua está deserta. Nenhum barzinho de quinta aberto, nenhum néon indicando possibilidades, nenhuma miragem noturna até onde minhas vistas alcançam. O semáforo muda de cor em vão, para veículo nenhum. O único pedestre caminha com passos rápidos, tentando ignorar o frio, com um pedaço de papel na mão esquerda e uma incerteza na cabeça.

Enfio as mãos nos bolsos da calça, acho uma guimba de maconha que cogito acender. Mas não há a quem pedir fogo. Passo pelo comércio fechado, as portas cinzentas quase arrogantes em seu tom nebuloso. Olho para dentro das portarias dos prédios, mas não vejo ninguém.

E, se houvesse alguém, eu pediria fogo para acender um cigarro ilegal?

Eu, um fora-da-lei.

Quando alcanço a esquina, vejo a distância uma grande fogueira, uma ironia quase cósmica, quase divina, não tivesse sido essa mesma fogueira acesa por um miserável que agora aquece as mãos envoltas em farrapos. Dirijo-me à lata de lixo em chamas como um autômato, um passo após o outro.

Aproximo-me.

O homem se vira para mim.

Tiro a guimba do bolso, levanto-a como a pedir permissão para acendê-la.

Ele assente com um leve balançar de cabeça.

Levo o cigarro à boca e sigo para bem perto do fogo, sentindo o calor arder forte em meu rosto, mas as chamas se agitam, e me afasto de súbito.

O homem abre um sorriso de poucos dentes.

— Está com medo de se queimar.

Não percebo nenhum tom de pergunta e, portanto, não respondo.

Ele estende o braço, pedindo o cigarro.

Vejo as mãos enfaixadas em panos sujos, os próprios dedos sujos, o rosto desindividualizado pela miséria. Entrego-lhe a guimba.

Ele parece avaliar o material, revira-o algumas vezes antes de acendê-lo sem medo. Traga uma, duas vezes e me passa o toco aceso.

Puxo a fumaça, sento-me sobre um pedaço de papelão, de frente para a fogueira, as labaredas dançando suavemente, como uma naja sob o comando do homem. Sinto aos poucos o aconchego da droga, trilho o caminho do alento conhecido.

Revezamos-nos com o cigarro.

Bem-vindo, o silêncio parece nos subjugar.

O homem fuma com tranquilidade, detendo-se entre uma tragada e outra para fitar a lata de lixo. Noto que deve ter seus 60 anos, ou foi a vida que o castigou demais, a pele dura com vincos precisos sob a camada de poeira.

Afundo em pensamentos importantes. Pensamentos que amanhã decerto me parecerão ridículos.

— A noite tem uma dinâmica própria — digo, sem me voltar para o homem. — Uma anatomia.

Ele solta uma risada, puxa a fumaça pela última vez e joga a ponta do cigarro no fogo. Num resmungo, pergunta:

— O que você disse?

Estou entretido em meus pensamentos, apoio-me nos cotovelos, que se projetam para fora do papelão, sobre a calçada úmida.

— É possível dissecar a noite, fazer uma retalhação anatômica.

O homem não ri. Sinto seu olhar fixo sobre mim, mas isso não me incomoda. Nada me incomoda, afora o peso que experimento na mão esquerda, um peso que parece me cortar a palma, abrir uma grande chaga ardida.

Volto os olhos para o pedaço de papel: o nome em caligrafia perfeita, os números bem definidos.

Um peso.

Um corte.

O homem diz:

— Antes eu tive uma vida.

Viro-me para ele, muito devagar. Muito devagar, digo:

— A estrutura é fixa e variável.

Ele diz:

— Antes eu nunca pensei que.

Digo:

— As partes constituintes podem ser manifestas ou latentes.

O homem volta a se submeter ao silêncio, contemplando as chamas com olhos concentrados.

Sigo seu exemplo. Observo a dança da naja, alheio ao universo, que não nos exige. Quero me perder nos movimentos da naja, esquecido do resto. Mas de novo o corte pesando, a dor ardida. Esse estorvo me impedindo a fruição do momento.

Inclino-me para perto do fogo.

Estendo o braço, o papel preso entre as pontas do indicador e do polegar.

E lanço afinal para as chamas a letra perfeita e os números bem traçados.

Um alívio.

O homem se vira para mim.

— É pouco para alimentar o fogo.

Digo:

— É o bastante para mantê-lo aceso pela eternidade.

Ele se recolhe em pensamentos secretos, sussurra uma ladainha para si mesmo, às vezes agitando as mãos à guisa de ênfase. Então, finalmente em voz alta, pergunta:

— Você está me vendo?

Não respondo, porque a pergunta me escapa: não sei o que ele quer dizer, não sei se está se dirigindo a mim, não sei se o estou vendo.

Apoio-me novamente nos cotovelos, viajo pelo céu sem estrelas, o rosto erguido para receber o orvalho poluído da madrugada. Mas descubro que o peso da mão esquerda não desapareceu, apenas migrou para a boca do estômago. Um desconforto de pedra arranhando.

Uma espécie de náusea.

Remoo o desacerto, o encontro de hora errada, imagens espocando como alfinetadas: uns lábios grossos, um cabelo revolto, um rato estilizado, uma cama desfeita.

Que grande merda.

Quero sair dessa calçada úmida, abandonar a companhia até reconfortante do homem de mãos enfaixadas, mas meu apartamento agora me parece uma possibilidade distante, uma espécie de indício do fracasso.

Meu corpo pede revanche, essa sede difusa.

Quero uma pontada de prazer.

Satisfação provisória.

Quero me afogar em algum buraco monstruoso, fartar-me de qualquer imitação de deleite.

Levanto-me de súbito, bato a sujeira da calça. Estou aquecido, estou vivo, estou pronto para a próxima.

— Amanhã é outro Daniel — digo, a voz mais alta do que pretendia.

Estendo a mão para o homem, que custa a reagir.

— Você está me vendo — repete ele, agora em tom obviamente afirmativo.

Despedimo-nos às pressas, e avanço sob a marquise. O frio que volto a sentir não me detém. Nada me detém.

Porque tenho um rumo.

E isso é o mais importante.

Nenhum veículo passa pela rua ainda escura. Nenhum táxi, nenhum ônibus com passageiros suspeitos. Esquina após esquina, nenhum pedestre perdido, querendo se encontrar.

Apesar do cansaço, apesar da vontade de me largar no canto mais quente, na escada mais acolhedora, apesar da maconha que me corta irremediavelmente a força, sigo minha meta.

— Estou cansado — digo, mas é mera constatação.

Mera constatação: outra pontada.

O peso na boca do estômago.

Quero fugir dos fantasmas, correr para além do id, para além da memória, para além de minhas limitações. Mas me faltam pernas, a capacidade de acreditar, a esperança, essa palavrinha démodé. Então sigo apenas me arrastando.

— Faz anos que estou cansado — digo ao dobrar a última esquina, meu alvo agora já visível: a entrada discreta, o letreiro discreto, um estabelecimento comercial, uma prestadora de serviços de primeira necessidade.

Aperto o passo.

Um resto de autopreservação ainda me leva a correr os olhos à volta antes de me virar em definitivo para a porta, mas não há ninguém de passagem. Talvez um desconhecido insone me observe de alguma janela no prédio do outro lado da rua, chazinho em punho, olheiras profundas, invejando minha sorte: estou embrenhado na vida e tenho um rumo.

Ou talvez pense: Veados de merda, infestando meu bairro.

Abro a porta. O funcionário simpático me informa que só há sete clientes e a casa fechará em uma hora e meia.

Engulo a irritação, não com ele, que apenas cumpre suas obrigações e me adverte sobre um fato a ser levado em conta, mas com o conteúdo da informação. Quase arrogante, estendo as notas em desafio ao destino.

Nada me deterá.

Ele me entrega a chave com o número 35 e uma toalha, pergunta quanto calço e me passa afinal um par de Havaianas brancas.

Dirijo-me ao vestiário vazio, procuro o armário 35. Tiro a camisa de marca, os tênis de marca, a calça de marca, a cueca de marca. Inteiramente nu, olho-me no espelho como se olhasse um estranho. Guardo a roupa, enrolo a toalha na cintura e calço os chinelos: a indumentária que nos iguala e nos diferencia.

A sauna seca está deserta.

Três homens fazem sexo na sauna a vapor.

Um gordo assiste, sentado nessa espécie de lounge, a um filme de sacanagem de péssima qualidade, com modelos que não dão a impressão de terem ganho cachê.

Eu devia ter ido para casa, penso, mas sei que é bobagem: "arrependimento" é uma palavra sem sentido. E a ideia do apartamento ainda me parece uma derrota.

Preciso desafogar o corpo.

Preciso afogar a sede.

No pequeno labirinto de cabines, passo por uma porta fechada. Penso: *Estarão os três restantes aí, em outro silencioso ménage?*

Mas vejo adiante um vulto parado: o sétimo cliente.

Aproximo-me com cautela, uma pontada de medo por saber ser esta minha última chance, a possível tábua de salvação. Avanço na penumbra como uma alma recém-fugida do purgatório.

E vejo enfim com um alívio que é mais do que alívio — que é antes uma espécie de felicidade — que o sétimo cliente é o homem perfeito.

Mais uma dádiva, afinal, depois da fogueira inusitada.

O sétimo cliente é o homem perfeito para minhas finalidades: o rosto comum, o corpo comum, a idade próxima à minha, os olhos se acendendo de súbito numa caricatura de desejo.

Ele me olha como quem tirou a sorte grande.

Como o lobo diante do cordeirinho, para usar um (sempre bem-vindo) clichê.

É meu jogo ganho sem esforço, a partida definida de antemão, apostas garantidas. Nenhuma ansiedade, nenhuma expectativa, nenhuma necessidade de me mostrar mais isso ou mais aquilo, nenhuma preocupação de apresentar o melhor ângulo e sair bem na foto.

Nada no homem me repele, nada me faz querê-lo para além desta madrugada.

A situação perfeita.

Quase rio ao pensar em Rui: "Sete é um número cabalístico", posso ouvi-lo dizer. Ou sua avaliação sempre certeira: "Um cinco e meio, que passa na recuperação".

Passo por ele, encosto no vão de entrada de uma cabine adiante e demoro a dar o passo seguinte por mera vontade de torturá-lo um pouco, ou talvez de estender o momento mais mágico do abate, que é tudo que o antecede. Então apenas passeio os olhos pelo corpo comum, pelo rosto comum, como se o estudasse, como se considerasse os prós e contras, numa contabilidade subjetiva que finjo executar sem deixar que nada transpareça em minha fisionomia inalterada. O máximo do sadismo.

Noto que ele traz um crucifixo dourado no pescoço.

O máximo do sadismo.

O sétimo cliente aguarda pacientemente meu sinal de aprovação, limitando-se a volta e meia me encarar com alguma hesitação, então olhar meu corpo com uma ânsia que aos poucos deixa meu pau duro. Existe alguma coisa que dê mais tesão do que ver tesão nos olhos de quem nos vê?

Entro na cabine, a deixa para sua saída imediata da inércia.

Ele cumpre suas marcações. Para diante do vão da porta, ainda aguardando minha anuência, e entra depois que assinto de leve com a cabeça. Fecha o trinco, enquanto desenrolo a toalha. Então toca meu corpo como se há muito tempo esperasse por isso, como se há anos estivesse à porta daquela cabine aguardando minha chegada.

Lambe meu peito, a barriga, engole meu sexo.

Demoradamente.

— Você é muito gostoso — sussurra.

Mas não respondo. Porque não há o que responder.

Porque só quero participar com o corpo, o verbo aposentado.

Ele volta a se ocupar da minha satisfação, assim evidentemente satisfazendo a si próprio. Nenhuma filantropia aqui.

De olhos fechados, penso: *Seria bom se este momento durasse para sempre*. Penso: *Seria bom se a vida se congelasse agora, na saciedade do meu prazer*.

Eu, apenas um corpo. Sem nome.

O sétimo cliente, apenas um corpo. Sem nome.

A magia disso.

A sordidez.

Ele pergunta:

— Tem camisinha?

Sacudo a cabeça.

Ele ajeita a própria toalha em torno da cintura e me faz sinal para esperar, deixando a porta encostada ao sair da cabine.

Deito-me no arremedo de cama, quase aquecido pelo silêncio abafado, pelo tamanho miserável do cômodo. Uma pitada de claustrofobia e eu sairia correndo daqui.

Mas não sou claustrofóbico.

A despeito de mim mesmo, começo a assobiar uma música antiga, ancestral, uma cantiga de ninar cuja frágil melodia me chega aos ouvidos como se viesse de fora de mim, de uma caixa de som divina, penetrando o silêncio pelas bordas. Quase aturdido, imagino que, em algum lugar, uma mãe embala com essa mesma cantiga o filho que a arrancou do sono.

Em algum lugar, um menino dorme sabendo-se protegido de tudo, depois de ter ouvido a avó lhe murmurar a canção.

Paro de assobiar quando o sétimo cliente volta à cabine sem bater, pendura a toalha num gancho e se encarrega de me provocar novamente uma ereção. Ele desenrola a camisinha no meu pau, passa o gel, primeiro em mim, depois nele próprio, e se senta devagar sobre mim, os pés rentes ao meu tronco, as mãos apoiadas no meu peito.

— Delícia — diz.

Ele respira ofegante, num ritmo que aos poucos se mescla ao da cantiga de ninar ainda ecoando em minha mente, a cantiga de ninar que agora não me deixa. Mexe-se em movimentos precisos, constantes, como se também ouvisse a música e obedecesse ao ritmo imposto, embalando-me com seu vaivém para esse estado de relaxamento desperto, essa espécie de nirvana alcançado sem disciplina ascética nem meditação.

Seria bom se este momento durasse para sempre, penso.

Mas nada dura para sempre.

O sétimo cliente se levanta, passa mais gel em si próprio e fica de quatro.

— Vem por trás — pede, numa súplica doída.

Embora o esforço de me levantar pareça impossível, junto as energias que imagino não ter e me colo às costas dele, então dou início aos movimentos, primeiro devagar, no balanço do acalanto que nos protege de tudo, segurando firme sua cintura, ou deslizando as mãos pelas costas que a penumbra ajuda a despersonalizar, depois abandonando a segurança da melodia, metendo-me fundo nele, com força, como se lutássemos contra o tempo.

Nossa respiração desencontrada enche a cabine. Ele diz obscenidades que não me excitam, mas também não me incomodam. Uma tolice que lhe permito.

Sinto a aproximação do orgasmo. Não há fogos de artifício: gozo abafando um gemido comprido que, em outro lugar, poderia ser confundido com choro.

O sétimo cliente se deita e, mantendo-me dentro de si, vira-se até ficar numa posição confortável para buscar o próprio clímax.

Não penso em nada. Estou alheio ao mundo lá fora, estou alheio ao que se passa aqui dentro. O muro branco. Os arquejos dele não me inspiram tesão nem enfado, ou piedade. Nossa situação quase risível, quase dramática, a união suada dos corpos no cubículo impessoal, não me provoca nada além de indiferença.

Ele se contorce, acelera a masturbação e logo abafa um gemido comprido que, em outro lugar, poderia ser confundido com choro.

Então novamente o silêncio cai sobre nós.

Devagar, separamo-nos: firmo a camisinha para que não vaze, depois a jogo num canto. O sétimo cliente se vira para mim.

— Qual é o seu nome?

— Henrique — respondo sem pressa.

Ele me encara, à espera da pergunta que não faço, então desvia afinal os olhos.

— O meu é Sérgio.

Estou cansado. A ideia de tomar uma ducha, vestir a roupa e enfrentar o caminho de casa me parece novamente além da minha capacidade física.

— Que horas são? — pergunto.

Mas Sérgio não tem relógio. Levanta-se.

— Eu gostaria de te ver de novo.

Permaneço deitado, fitando o teto, então me viro para ele.

— Eu tenho namorado — minto.

Ele abre um sorriso de canto de boca.

— Ah — diz, nitidamente decepcionado. — Sei como é.

Passa a mão na minha perna e me lança um último olhar cúmplice antes de sair do cubículo, apagando-se para sempre da minha história.

Esforço-me para alcançar o trinco da porta e volto a me deitar. Fecho os olhos: o breu absoluto se soma ao silêncio para aniquilar minha consciência. Não penso em nada. Não há mais a cantiga de ninar, nenhum resto de desejo a ser saciado. Terá amanhecido lá fora?

Reabro os olhos.

Aqui dentro o sol não chega.

O teto, as paredes estreitas, a penumbra eterna. Não há detalhes que me chamem a atenção, nada a ser considerado. Estou embriagado de algo que não chega a ser leveza, que é uma leveza de vácuo.

Mas, como nada é para sempre, meu muro branco acaba num embrião de pensamento, que me chega a partir da ausência da música, de sua falta: eu já fui um menino para quem a mãe murmurou cantigas de ninar, um menino que dormia se sabendo protegido de tudo.

Volto a fechar os olhos.

A loucura da vida, esse projeto fodido.

Estendo o embrião de pensamento para além de mim, tornando-o ainda mais insólito: o sétimo cliente, de quem já não lembro o nome, decerto foi um menino para quem a mãe murmurou cantigas de ninar, um menino que dormia se sabendo protegido de tudo.

Na imaginação já à beira da invalidez, invento uma vida perfeita, na qual nascemos cheios de vícios, necessidades descabidas, faltas, medos, paranoias, obsessões, e aos poucos evoluímos, perdendo toda forma de corrupção, até atingir a inocência.

O menino que fui comia tomates inteiros, crus, como se fossem morangos, e brincava com o pastor alemão negro da vizinha ciente de que o animal era, de certa forma, também dele. Não entendia o beijo na boca que o primo lhe dava, mas aceitava que era bom. O menino que fui sabia que a vida é para sempre, porque ela é o presente, e o presente escapa à noção de tempo.

O menino que fui se transformou, como tinha de ser, num adolescente ávido de experiências, e as experiências enriquecem embrutecendo. Dão, mas exigem em troca. Conferem arrancando.

Tudo tão estranho.

Em muitos sentidos, é como se esse menino me fosse um desconhecido completo; em outros, é como se eu o guardasse intacto em mim.

O contraditório disso.

O óbvio.

Estou cansado. Mas não é nenhuma novidade: faz anos que estou cansado.

V ¦ O HOMEM INVISÍVEL

ABRO OS OLHOS.

O apartamento está escuro, exceto pela luz das janelas do prédio vizinho, que entra na sala sem esforço. Tenho uma leve dor de cabeça, mas já me sinto um pouco revigorado pelas horas de sono, necessárias. Seja como for, é sempre um alívio saber que anoiteceu.

Levanto-me devagar. Venço o caminho até a cozinha e tomo o último analgésico com um copo de água gelada, que desce feito antídoto corroendo o veneno. *Preciso me hidratar.*

A louça empilhada na pia só me enche de preguiça, mas prometo a mim mesmo que lavarei amanhã, sem falta, embora segunda-feira seja dia de faxina. E a louça está incluída na diária.

Arrasto-me até o banheiro, acendo a luz e encaro o espelho.

— Quem é você? — pergunto à imagem refletida.

Passo a mão em torno dos olhos, puxo as têmporas para cima, desfaço as marcas da testa, alisando-a. O tempo passou e juro que não vi.

— Quem é você? — repito, sabendo que eu mesmo sou um outro.

Um outro que deixou de existir.

Aos trancos.

Porque não envelhecemos de maneira uniforme, um dia após o outro, as linhas se acentuando gradativamente, as mãos ficando progressivamente amarfanhadas, os olhos aposentando o brilho e se tornando mais opacos. São quedas bruscas: de repente, acordamos e vemos que o rosto que tínhamos desapareceu, substituído por um outro que recebemos coagidos, esta própria imposição contribuindo para afundar mais os vincos em torno da boca, entortando-a para baixo numa máscara cômica de tristeza.

Ou estou exagerando?

Eu, "a bicha dramática".

Tomo um banho rápido, sobretudo para despertar o corpo. Visto só a cueca e me sento de frente para o computador, não de todo enxugado. Algumas gotas ainda escorrem pelo pescoço, espalham-se pelas costas, refrescando-me sob o ar do ventilador que ligo sobre mim.

Confiro o relógio no canto direito inferior da tela: 22h30.

Com alegria genuína, vejo que Renato L está online.

Mando uma mensagem: "E aí?"

Ele demora apenas alguns segundos para responder: "Pensei que vc não fosse aparecer. Que tivesse desistido".

"Nunca, estou ansioso para o nosso encontro."

Abro o e-mail: propaganda de um curso de cinema, uma oferta de Viagra e três mensagens de fato. Leio as três, mas não sinto vontade de responder. Talvez mais tarde. Não, nem mais tarde.

Apago as cinco.

Renato L escreve: "Vc vai me reconhecer?"

"Por via das dúvidas, é melhor você me dizer a cor da sua camisa."

"Pergunte alguma coisa + fácil. :)"

O telefone começa a tocar. Digito "Já volto!" e confiro o mostrador, dando-me conta de que não conheço o número.

— Alô.

— Henrique?

— Eu.

— Tenho uma pergunta para você.

— Quem está falando?

— Pois é, a questão.

Sinto a mão formigar: um maldito trote. Hesito entre desligar ou prosseguir.

— Olhe, amigo...

— Se você não descobrir...

Aperto o OFF, volto a encarar a tela, a resposta de Renato L: "OK." Levanto-me devagar. Quando estou me dirigindo ao aparelho de som, o telefone começa a tocar novamente. Corro de volta à base e confirmo que se trata do mesmo número desconhecido. *Que merda!* Abaixo ao mínimo o volume dos toques e ligo o rádio.

Encho um copo de água gelada, que levo para a bancada do computador, deixando-o diante da cortiça de velhas fotografias. Sem querer, roço o dorso da mão no retrato de Alberto: o olhar sério fixo em algum ponto à esquerda, a camisa social entreaberta no limite exato entre o recato e a descontração. Retiro o alfinete vermelho que o mantém preso e leio no verso: "Quando me apaixono por mim não sou correspondido".

Sorrio.

Mas é um sorriso triste.

Não acendi uma única vela, e hoje é dia de finados.

Prendo a fotografia entre duas outras: Tadeu com Kevin, minha mãe com meu pai. Nossos cemitérios individuais nunca param de crescer.

Levanto os olhos até o retrato de mim e Rui, sentados lado a lado na cafeteria de alguma strasse alemã. Por estranho que pareça, a única coisa de que me lembro de Berlim é a raposa que nos encarou durante longos minutos da calçada enquanto jantávamos num restaurante próximo ao trilho do trem. O olhar da raposa, sua solidão selvagem, um estado permanente de alerta.

Com a ponta dos dedos, toco nossa imagem ainda jovem, embora eu certamente não nos achasse jovens na época. Tínhamos o quê, 35? Já se passaram quinze anos desde essa viagem? E o que eu sabia de envelhecimento aos 35 anos?

Por outro lado, de certa forma eu tinha razão quando, aos 25, pensei, pela primeira vez, que estava ficando velho: de lá para cá foi um pulo.

Na fotografia, Rui e eu vestimos casacos pesados e trazemos na boca um sorriso quase tolo, por trás dos chocolates quentes servidos em xícaras grandes, brancas. Uma saudade medonha. Cogito telefonar para ele, chego a pegar o aparelho e digitar os primeiros números, mas desisto. Passo o indicador uma última vez em seu rosto com a certeza de que é assim que se mata saudade.

Ao lado do retrato, o espaço vazio na cortiça de repente me enche de uma tristeza quente, que me sobe até o topo da cabeça. O buraco ali, uma espécie de precipício interior. Mas não quero pensar nisso. Jamais tatear o buraco num sábado, principalmente à noite, quando as possibilidades renascem e o medo cresce.

"Vc tem medo do escuro?", pergunto a Renato L.

Ele se surpreende: "Medo do escuro?"

"Besteira."

Marcamos nosso encontro. A hora, o local. Despeço-me e confiro mais uma vez o e-mail, uma mania. Nunca há nada do meu interesse.

A dor de cabeça não passou. Ligo para a farmácia da esquina, mas ninguém atende. Ligo para a farmácia da quadra seguinte, mas ninguém atende. Vou até a janela e diviso a porta cinza arriada sob o letreiro semiqueimado. É dia dos finados, e os vivos que se fodam.

Visto uma bermuda, uma camiseta, calço os tênis e desço um lance de escada. O corredor está um breu, mas sigo como o cego que conhece bem a casa. Bato à terceira porta da direita e espero o som ser abaixado, os passos se aproximarem.

— Quem é?

— Henrique.

Ouço o trinco correr, e a porta se abre afinal.

— A que devo a honra? — pergunta Ronaldo, com sua voz roufenha, as bolsas debaixo dos olhos me obrigando a fitá-las.

— Desculpe bater a essa hora, mas é que...

— Não tem problema.

Ele abre passagem e entro no apartamento congestionado de móveis. Boris está aninhado em cima da mesinha de centro, uma bola de pelos dourados. Passo a mão nele, que me dirige o olhar com sua indiferença felina e volta a procurar o sono debaixo da pata.

— Eu estou com dor de cabeça e as farmácias estão fechadas.

Ronaldo avança para a cozinha, arrastando os chinelos.

— O que você costuma tomar?

— O que você tiver está ótimo.

Ele traz o remédio com um copo d'água, que bebo de um só gole. Na tela da televisão, a imagem congelada de dois garotos quase impúberes masturbando-se. Ronaldo pega o controle remoto.

— Desculpe — pede, desligando o aparelho.

— Eu é que digo, interrompi o seu filme.

Ele se senta no sofá, indicando a poltrona. Põe Boris no colo.

— Eu não estava vendo, só deixei passando enquanto ouvia música. — Olha para mim com certo ar cúmplice. — Um colírio.

Ficamos nos encarando durante alguns segundos, mas desvio os olhos.

— Vai sair?

— Vou dar um giro — responde ele, afagando o gato. — Estou precisando, faz tempo que não saio.

— Desde... — começo.

— É — interrompe-me ele. — Fiquei meio traumatizado.

Ronaldo abre um sorriso torto, que retribuo.

— Imagino. Uma cilada.

Ele balança a cabeça, como se confirmasse uma sugestão remota.

— É.

Um silêncio incômodo se insinua, mas trato de cortá-lo.

— Quer dizer, sexo é sempre uma cilada. Só que antes a armadilha era mais subjetiva.

Ele me encara:

— Você fumou?

Fico ligeiramente surpreso.

— Não, faz anos que não fumo. Desde que descobri que maconha não é a minha droga.

— Por causa da apatia?

— Por causa da paranoia.

Reparo na caixa do filme de sacanagem sobre a mesinha de centro. Hesito antes de pegá-la.

Ronaldo não desvia os olhos dos meus.

— E qual é a sua droga?

Leio o título inacreditável, vejo as imagens previsíveis.

— Testosterona.

Ele olha afinal para a capa do DVD.

— Pornografia é o mundo em cor-de-rosa.

Confirmo com a cabeça, embora, no fundo, lá onde as tiradas espirituosas não chegam, esse seja um mundo no qual eu não gostaria de viver. Lembro-me de um poema que escrevi muito tempo atrás.

OITO OU OITENTA

Pudor	**Pornografia**
Veja: os olhos	Veja:
o peito	
a barriga	
	o pau
as coxas	
as panturrilhas	
os pés	

Ronaldo pergunta:

— E você, vai sair?

Olho para suas mãos deslizando sobre o gato, as manchas marrons já visíveis daqui.

— Tenho um encontro. Com um cara da internet.

Ele franze o rosto numa careta.

— Boa sorte.

Sinto um calafrio de queda em precipício. Boa sorte: um desejo no vácuo, uma nostalgia de promessas passadas. Corro os olhos à volta, os abajures de iluminação amarelada, o papel de parede gasto, os enfeites de pretensão clássica, tudo gritando que já passou, já foi. Sobre a mesa redonda ao lado do sofá, vejo a caixinha marrom que é o tesouro dele.

— Não preciso perguntar qual é a sua droga.

Ronaldo abre a caixinha, tira dali um comprimido, que estende para mim.

— Quer?

— Não, obrigado. Uma vez me bastou.

Ele me encara.

— Mas você disse que tinha gostado.

— E gostei. Mas a falta de controle...

— A falta de controle é necessária.

Ele se inclina para mim, deposita o comprimido na palma da minha mão.

Aceito-a como a uma hóstia, o bom cristão.

— Acho que vou indo.

Ponho a caixa do filme na mesinha de centro, demorando-me alguns segundos mais nas fotografias dos adolescentes, e me levanto afinal. O cheiro de guardado do apartamento já está me dando náusea.

Ronaldo deixa Boris no braço do sofá, vai até a cozinha e traz o envelope de analgésicos, onde ainda há duas drágeas.

— Por via das dúvidas.

Agradeço, abraçando-o. O gato pula no chão e roça minha perna, como se a pedir que eu fique. Despeço-me dele afagando sua nuca.

— Então é isso — digo, já no corredor.

Ronaldo tira do bolso uma espécie de gaze, que começa a enrolar displicentemente na mão. Fala algo sobre nosso vizinho do décimo andar, mas não consigo me concentrar em suas palavras, meu olhar preso no movimento do leve tecido branco, que aos poucos se avoluma sobre a palma. Ele nota meu olhar curioso e volta a atenção à própria mão.

— Para as chagas espirituais — diz.

:

Subo os degraus com uma sensação estranha. Escancaro a janela da sala, na esperança de sentir um pouco de brisa, mas na noite abafada o ar está parado. Olho para cima, de onde o quadrado negro do céu retribui o olhar.

No rádio toca uma música antiga, do tempo em que Rui era uma presença em minha vida. Dirijo-me ao aparelho e procuro uma estação mais agitada. Está na hora de me arrumar.

Escolho a cueca, as meias, a calça, a camisa. Calço uns butes gastos. Passo água no cabelo e perfume no pescoço. Estou pensando se vou a pé ou de carro quando o celular começa a tocar. Atendo de imediato.

— Alô.

— Henrique? — pergunta a mesma voz do trote.

Respiro fundo, conto até dez.

— O que você quer?

— Você.

Minha vontade é mandá-lo à merda, mas apenas digo:

— Isso vai ser difícil.

O homem ri.

— Acho que não.

Minha paciência estoura. Aperto o OFF e vejo que há doze chamadas perdidas do mesmo número. Desligo o aparelho, jogo-o sobre o sofá e me dirijo à cozinha com o comprimido que Ronaldo me deu. Sirvo um copo grande de água, pego na gaveta uma faca e corto o pequeno presente em cruz. Tomo um quarto do comprimido, deixando o restante sobre a bancada.

Desligo o rádio e fecho as cortinas para que o apartamento ainda esteja escuro à minha volta. Por um instante, deixo-me pensar no inevitável: E se Renato L, de quem nem sei se sei o nome verdadeiro, não aparecer? E se não houver ninguém à meia-noite e meia no balcão combinado que se pareça sequer remotamente com a única fotografia que tenho dele, ninguém com a camisa amarela prometida, ninguém com um sorriso de reconhecimento ao me avistar, erguendo o copo à nossa saúde?

Sinto uma pontada de fogo na boca do estômago, mas logo me lembro de que sim, sempre haverá a música, a bebida, a expectativa, esse frisson do que pode acontecer. Sempre haverá areia na qual construir castelos.

Mas de novo: seria bom que Renato L aparecesse.

Guardo as caixas de CD e DVD que se encontram espalhadas pela sala, junto os cadernos do jornal e pego o livro que deixei aberto sobre a mesa, com o trecho marcado. Antes de devolvê-lo à estante, leio mais uma vez: "Talvez se deva dar a seguinte definição da dependência: somos dependentes de um produto ou de um ser quando ele nos proporciona uma coisa e seu contrário, isto é, o maior prazer e o maior sofrimento".

Saio de casa. Avanço pela calçada em passos rápidos, apesar do calor, apesar de não haver pressa. Escuto risos adiante, vejo vultos na esquina: garotos jogando bola.

— Chuta sem pena!

Quando me aproximo, vejo que a bola é na verdade um rato, que guincha aturdido em pedido de socorro.

Sigo em frente.

Aos poucos, a rua me parece ficar claustrofóbica, estreita com seus prédios altos, cinzentos, perdendo-se no céu negro, a desembocar em outras ruas iguais: um bairro kafkiano, uma cidade kafkiana.

Sinto um pouco de medo, a falta de controle.

Aperto o passo.

Penso no encontro iminente. Digo a mim mesmo:

— Está tudo bem.

Aliviado, diviso a esquina da alameda da boate. Relaxo os ombros, sinto a tensão se dissipar. Estou chegando, e é sempre bom chegar. Mas, antes de alcançar a esquina, ouço o leve trotar de um cavalo, primeiro a distância, então cada vez mais próximo. Viro a cabeça devagar e vejo o unicórnio branco, de asas enormes, andando ao meu lado.

Reconheço-o de imediato, abro o sorriso. E tateio o bolso à procura do celular, para ligar para Rui. Mas logo me dou conta de que não trouxe o telefone e, de qualquer forma, seria estranho procurá-lo a esta hora para dizer que estou diante do Ventania. Ele talvez não se lembre da própria She-Ra.

Quando estendo o braço, o cavalo abre as asas e levanta voo, desaparecendo no breu.

Ainda trago um sorriso no rosto ao me aproximar da entrada da boate, onde alguns homens conversam. Passo por eles como um fantasma. Sou capaz de jurar que poderia atravessar o corpo deles se não me desviasse, que minha incorporeidade me permitiria seguir em linha reta sem alterar o ritmo de sua conversa.

Como um fantasma, entro no pequeno corredor, pago minha entrada e chego ao espaço conhecido. Abro caminho entre a multidão e avanço para o balcão combinado. Confiro o relógio: 0h10. Corro os olhos à volta, mas não há ninguém que se pareça sequer remotamente com a fotografia que tenho de Renato L, ninguém com a camisa amarela prometida, ninguém com um sorriso de reconhecimento ao me avistar, erguendo o copo à nossa saúde.

Chamo o barman, para quem esta noite parece já durar trinta anos. Peço uma cerveja, que tomo em pequenos goles, demorando o olhar sobre o corpo do go-go boy, que dança sobre o queijo como se amassasse uvas com os pés.

Um garoto muito jovem de estilo alternativo se movimenta perto do bar com gestos roubados de grandes divas. Noto que está maquiado, o rosto muito branco, os olhos perdidos em duas manchas negras. Leio em sua camisa: CAN YOU TRUST YOURSELF?

A música parece entrar pelos meus poros, provocar ondas sísmicas no meu peito. Levo a garrafa à testa, para fazer evaporar o calor, mas não chego a sentir nenhum alívio: apenas uma gota d'água me escorre solitária pelo rosto e some no chão, que me parece a metros de distância.

De repente, sinto um solavanco mental: diviso as costas de uma camisa amarela.

Confiro o relógio: 0h30.

Em ponto.

Termino a cerveja, deixo a garrafa sobre o balcão, que contorno para alcançar o rapaz. E mergulho num poço de hesitação. Fito a nuca, o cabelo castanho. O garoto não se vira para trás, não olha para os lados, não muda de perna o peso do corpo. Uma estátua. Uma escultura que admiro com cuidado.

Peço outra cerveja ao barman de olhos cansados, acostumados à penumbra, e avanço casualmente para o lado do garoto de camisa amarela. Casualmente, viro o rosto e vejo que não: pela fotografia que tenho, este não é Renato L.

Mas, como a criança que não aceita a recusa dos pais, insisto em olhá-lo, em buscar nele alguma semelhança, algum indício de que tem um encontro marcado, de que espera alguém. O garoto de camisa amarela olha fixo para a frente, sem sondar a multidão. Apenas se diverte no seu casulo, segurando o drinque vermelho. Quando se vira afinal para mim, é como se não me visse.

Termino a bebida, consulto o relógio mais uma vez: era para Renato L ter chegado há vinte minutos. E, no fundo, sei que ficou tarde para nós, que agora é o nunca mais, embora continue procurando com os olhos, virando a cabeça, imaginando divisar camisas amarelas onde não há. Peço mais uma cerveja, volto-me para a pista de dança, onde os raios de laser não iluminam, mas sugerem formas. As ondas sísmicas do meu peito atingem uma intensidade que exige algum reflexo exterior, uma agitação dos braços, um movimento das pernas, um balançar da cabeça.

Lembro-me das conversas digitadas com Renato L, as frases que me conquistaram, o jeito de ser que imaginei pelos sinais que eu buscava numa avidez quase adolescente. Sinto uma espécie de abandono, um arremedo de saudade, uma perda genuína.

Sinto uma pitada de alívio.

A música entra pelos meus poros como se fosse água vencendo a parede permeável, a letra ecoando em meus ouvidos como se eu a cantasse, como se fosse minha voz que saísse das caixas ensurdecedoras. *Captive in the darkness.* Começo a balançar com algum vigor a cabeça para os lados, aos poucos abandonando a procura de uma cor de camisa exclusiva. *Do you know why you're here?*

Na minha imaterialidade, danço sem despertar suspeitas, sem arrastar atenções. Danço à vontade, o fantasma que sou.

Minha cabeça parece leve como se forrada de veludo. Peço mais uma cerveja, que ergo em brinde ao go-go boy, ainda amassando uvas com os pés. Estou no meu elemento.

This is why you're here.

:

No meio da pista, danço a batida ancestral, meu corpo fundindo-se aos corpos que me cercam, atravessando-os sem que ninguém me perceba. De vez em quando, ainda entrevejo um tom de amarelo e busco com alguma disposição um rosto remoto, sabendo de antemão que não o encontrarei.

Penso em Ronaldo: onde estará? Penso nas mãos salpicadas de manchas marrons, nos olhos sublinhados pelas grandes bolsas, na gaze enfaixando chagas espirituais. Mas quero esquecer.

Dois rapazes de torso nu se esfregam a poucos metros de mim, numa sensualidade coreografada que exige contemplação. Quando separam os corpos suados, sorriem com uma cumplicidade que, ao leigo, poderia sugerir anos de intimidade.

Vejo o buraco do desejo nos olhos do menino muito jovem que os admira a alguma distância, segurando um copo de bebida alcoólica que não o envelhece nem um dia. E, num ímpeto de crueldade, quero informar ao menino muito jovem que nada tapará esse buraco, apenas matéria própria do terreno da fantasia, nunca as migalhas da realidade, nunca um beijo, um amasso, uma foda.

Aos poucos, canso.

A música.

A produção.

A sede eterna, que tudo aqui estimula.

Procuro um lugar para sentar. Encosto a cabeça na parede e fecho os olhos, a falta que sinto quase um incômodo. Estou lento, em ritmo de tartaruga deficiente. Meus pensamentos se desenvolvem com custo, difusos pelo melaço que parece retardá-los. Mas ainda tenho alguma clareza para chegar à conclusão de que quero ir embora. Para sempre. Essa grande piada.

Porque semana que vem, de novo.

E a seguinte.

Evidentemente.

Procuro com os olhos o menino muito jovem, mas não o encontro na multidão. Terá achado um parceiro para a noite? Terá voltado para casa, com a ereção que exigirá uma punheta rápida no banheiro?

Levanto-me com dificuldade, mas não posso ir para casa. Então sigo pé ante pé na direção conhecida, cuidando para não tropeçar, para não me arrastar em demasia. No queijo, o go-go boy continua exalando luxúria.

Já avisto a entrada, meia dúzia de homens pairando à volta dela como jogadores prontos para roubar na partida, infratores querendo ingressar na escuridão apenas depois de verem entrar ali algo que lhes apeteceu aqui fora, na penumbra que chamamos de claro.

Passo por eles sem dispensar um olhar sequer e entro no quarto: o escuro cria braços, brota um polvo das trevas. Eu próprio tateio mais do que tatearia se quisesse alcançar algum lugar. Porque já cheguei ao meu destino. E tatear faz parte.

Somos fáceis, gratuitos, entregues, a carne exposta, a calça arriada em torno dos joelhos, a camisa erguida acima do peito, as mãos ávidas, o suor comunitário, a comunhão quase sacra: "um nojo", eu talvez dissesse se estivesse menos bêbado, se sentisse menos tesão, se fosse uma pessoa mais pudica.

"Um nojo", lembro-me de um amigo dizer, torcendo o nariz, "não saber quem está ali com você." E, sem retrucar, num silêncio que evidenciava minha opinião divergente, pensei: Mas não saber quem está ali é o que torna a pessoa tão especial.

Um homem me enlaça, puxando-me para o canto. Corre os dedos pela minha barriga, envolve meu sexo com a mão quente, bafeja algumas palavras no meu ouvido antes de se ajoelhar para o sexo oral eficiente. Alguém usando um perfume forte se aproxima pela direita, procurando participar do jogo, mas o homem o afasta, exigindo exclusividade.

Não faço objeção.

Aceito as regras.

Aliso seu cabelo, minha mão entorpecida mal sentindo o toque.

Mexo o quadril no ritmo que me convém, um ritmo que aos poucos cresce e parece me escapar, exigir além do meu corpo. Começo a gemer baixo, chamando a atenção de alguém que se aproxima para conferir o que se passa, mas que também é prontamente afastado pela mão firme do homem.

Não penso em nada.

Mas, se pensasse, seria algo como: Isto aqui é a Disneylândia.

O homem recebe com proficiência os movimentos cada vez mais rápidos do meu quadril, engole-me preparado para o clímax iminente. Crispo as mãos em sua cabeça, apertando-a contra mim, uma necessidade de vará-lo, de atravessá-lo como uma notícia ruim.

E gozo, enfim: uma descarga de desejos acumulados, o desafogo interino que me deixa esvaziado de tudo. A mente em súbito descanso, uma espécie de paz conseguida após a explosão da bomba.

O homem se levanta, sinto seu hálito. À guisa de agradecimento, pergunto seu nome. Afinal, o que é um nome?

— Ainda não descobriu? — rebate ele.

Então sinto o corpo esquentar de súbito, reconhecendo imediatamente a voz já esquecida do trote. Num gesto quase involuntário, puxo a calça para cima, cobrindo-me. Abaixo a camisa.

— O que você quer? — murmuro, a voz trêmula.

— Você — responde ele.

— Eu não te conheço.

O homem solta uma risada.

— Você flerta comigo faz tempo.

Perco a paciência. Viro-me para sair, mas ele me segura pelo braço. Não luto. É como se uma parte de mim quisesse ficar, talvez por curiosidade.

— Quem é você, porra?

Ele chega perto do meu ouvido.

— Para você que adora enigmas: decifra-me ou te devoro.

Em minha mente, surge muito claramente uma esfinge remota, tatuada num braço que durante anos me envolveu durante a noite. Respiro fundo, mantendo os olhos arregalados, na teimosia infantil de tentar vencer o breu.

— Qual é o enigma?

O homem me abraça, aproxima a boca da minha e sussurra pausadamente:

— Quando você não está com ninguém é porque está comigo.

Os lábios se comprimem contra os meus, num beijo molhado que me provoca repugnância. Quero me libertar, mas uma espécie de letargia parece me prender aos braços dele, uma falta de força para escapar. Aturdido, alcanço de repente a resposta terrível, já sentindo sua língua invadir minha boca, mexer-se como um réptil viscoso contra minha língua. Apesar do aperto que sinto na garganta, um aperto concreto a ponto de travar minha respiração, asfixiando-me, solto um grito mudo de desespero.

E acordo.

VI ¦ A ARTE DE ANDAR NA CORDA BAMBA

LEVO ALGUNS SEGUNDOS para me situar, o espaço exíguo me parecendo ainda parte do pesadelo. Então vejo a toalha embolada num canto do simulacro de cama, a camisinha largada no chão, minhas legítimas Havaianas brancas dispostas lado a lado num equilíbrio que contradiz o estado em que cheguei. Com algum custo, enrolo-me na toalha, abro a porta e atravesso o labirinto deserto, inusitadamente iluminado. Nem sempre é noite aqui, afinal.

Não há ninguém à vista, o sétimo cliente decerto já chegou em casa e agora sonha com anjos impossíveis. Ou ouve Maria Callas enquanto espera o sonífero fazer efeito. Tomo um banho gelado de ducha, que não chega a me despertar de todo. A cabeça pesa, o corpo pede mais descanso. Esfrego os olhos num gesto repetitivo, que parece me afundar dentro de mim mesmo.

No vestiário, recupero a roupa cheirando a cigarro e visto peça por peça como se me aprontasse para um passeio. Ajeito o cabelo de frente para o espelho, lavo as mãos pelo simples hábito de lavá-las e saio para a rua, onde há uma claridade que não vem apenas dos postes. Não ouso olhar para o céu, apenas saboreio o fato de não ter voltado a chover e sigo o caminho de casa.

Passo por uma banca de jornal ainda em via de ser aberta, o jornaleiro prendendo as primeiras páginas no lado de fora. Leio: A UM PASSO DA VIDA ARTIFICIAL. Leio: PM MANDA SEIS PRO INFERNO. E sigo adiante, a vontade crescente de chamar um táxi, de encurtar o caminho já curto.

Vou para o meio-fio, onde avanço como um equilibrista, procurando em vão o veículo que não passa.

Penso em Rui: estará dormindo?

Penso em Túlio.

Aperto o passo, mas me mantenho rente ao meio-fio, o equilibrista bêbado que ainda traz nas costas o fardo de uma convulsão de acontecimentos recentes: quase nada, o picadeiro conhecido. Já sobrevivi à queda da corda bamba, à vaia do público, à expectativa de melhora. Repetidas vezes. É do ser humano a mania de sobreviver.

Quando chego à minha rua, por um instante desejo que ela fosse sempre assim: completamente vazia, à exceção dos passarinhos que insistem em habitar as duas únicas árvores, magras e torcidas, represadas em pequenos quadrados de terra. Da calçada do lado oposto ao meu prédio, vejo que o porteiro não está atrás do balcão. Atravesso a rua sem olhar para os lados e sou obrigado a tocar o interfone algumas vezes.

O ruído do portão se destravando é um alento, a faixa que se rompe ao fim da corrida.

Cumprimento o porteiro com a cabeça e aperto o botão do elevador, aguardando a lenta descida, os números vermelhos espocando numa contagem regressiva insuportável. Quando a porta se abre afinal, o vizinho tesudo do décimo andar surge de roupa esportiva, um sorriso de sono bem-dormido no rosto.

— Como vai? — pergunta.

Seguro a porta para deixá-lo passar, juntando o que me resta de energia para ser simpático, tentando me lembrar do boato que Ronaldo me contou a seu respeito.

— Tudo bem.

Ele me encara com um ar que me parece paternal, embora seja pouco mais velho do que eu.

— A noite foi boa — pergunta, em tom afirmativo, à espera apenas da minha confirmação.

— Longa — respondo, entrando no elevador, então deixando a porta se fechar.

Pego imediatamente a chave. Quero tirar os sapatos, a roupa fétida, quero tomar um banho e me deitar nu na cama, com o ventilador de teto ligado na velocidade certa. Quando me aproximo da porta de casa, ouço a respiração já ofegante de Fátima. Acendo a luz do corredor, embora não seja necessário, e acerto a chave de primeira, sendo recebido como se tivesse saído numa viagem espacial que aqui no planeta azul durasse anos, como se a demora demasiada fosse uma sugestão de que talvez nunca mais. Vejo a alegria doída de Fátima, o rabo balançando ao som do choro que diz: "Você é um desgraçado que me faz muito mal, mas que bom que você voltou".

E quem nunca disse isso?

Pego para ela a água de coco na geladeira, a fim de compensar minha ausência, o presente após a viagem, para confirmar meu amor e mostrar que, depois de todas as outras criaturas que cruzam meu caminho, é para ela que eu volto.

Fátima bebe com avidez e me segue pela casa: ao quarto, onde tiro a roupa com alguma pressa; ao banheiro, onde ela se deita à espera do fim do banho que tomo numa espécie de piloto automático; à sala, onde se esparrama de barriga para cima, entregue aos meus afagos.

Pego o celular, leio no visor Mensagem! e, antes de chegar a ela, sei que é Rui cumprindo a promessa de me passar os detalhes sórdidos do Sr. Lacoste.

Lembro-me de seu olhar de derrota ao incorrer na infração de uma de suas próprias regras, o tesão vencendo enfim a moral. Lembro-me de minha resposta — "É humano" —, minha maneira de convencê-lo de que tudo bem, quando, na verdade, o privilégio dos instintos só nos aproxima dos animais.

E quem atirará a primeira pedra?

Aperto os devidos botões e leio afinal: "Pra ser curto e grosso: curto e grosso". Sorrio, sentindo uma vontade instantânea de telefonar para ele, ouvir sua voz, saber que ele ouve a minha, uma saudade inusitada que me faz de repente querer rezar pelo Rui, para que Deus o proteja e o mantenha sendo o homem bom que ele é, um pedido de avó.

A mensagem, enviada duas horas atrás, termina com a pergunta "E vc, como foi?"

Recosto no sofá, a exaustão quase uma dor física, embora não sinta sono. É o cansaço em estado bruto, a essência sem sobras, exata, sobre a qual eu poderia discorrer com a precisão da mãe que explica ao filho: "Isso é verde".

Fátima se deita perto de mim. Não me dispensa nenhuma atenção depois da euforia do reencontro: cada coisa a seu tempo. Quando começo a apertar os botões do celular para responder ao torpedo, ela franze as orelhas e volta a cabeça para mim, obrigando-me a interromper o que faço para passar a mão no seu focinho quente. Então termino de escrever a mensagem, que envio de pronto: "Comigo, o de sempre".

Pela cortina entreaberta, o sol ergue uma coluna reluzente na parede oposta à janela, suficiente para encher de brilho a sala inteira. Parece que vai ser um dia bonito, com direito a camiseta, sorvete e passeios leves.

Levanto-me e vedo a fresta.

Na penumbra recém-instaurada, sigo para o quarto e me acomodo de frente para a tela do computador, onde a imagem congelada do filme pornográfico parece exigir que eu queira mais, que deseje apertar o Play e ver o que acontece depois, aonde a foda vai dar.

Eu sei aonde a foda vai dar.

Mas aperto o Play.

O homem forte de cavanhaque e tatuagem no braço prossegue chupando o homem forte de tatuagem na virilha. Depois o homem forte de tatuagem na virilha chupa o homem forte de cavanhaque e tatuagem no braço. Então o homem forte de tatuagem na virilha come o homem forte de cavanhaque e tatuagem no braço, gozando no peito dele.

Começo a ver a cena seguinte, onde dois garotões consideram contratar os serviços de um profissional, mas fecho o arquivo, fecho os olhos, espreguiçando os braços. Onde estará Dred Scott agora?

A sirene de uma ambulância ecoa pelo apartamento e se perde no silêncio, que de repente parece ganhar corpo, carregando a atmosfera do quarto. Penso: *Alguém talvez esteja prestes a receber uma notícia terrível.* Penso: *Quantas notícias terríveis ainda receberei?* Reabro os olhos procurando algum conforto na solidez do que me cerca, sua aparente eternidade: os livros nas prateleiras acima do computador, o cartaz vermelho de *Tacones Lejanos* disposto sobre a bancada, o torso de vidro que Tadeu me trouxe do Norte, a fotografia de Fátima no porta-retratos também vermelho, tudo contribuindo para aliviar em mim a certeza de nossa fragilidade, nossa assombrosa finitude.

Viver é muito perigoso.

Pego na prateleira inferior o catálogo de uma exposição de Victor Arruda, que folheio já com saudade daquela sala aonde nunca mais irei, abarrotada de imagens de portas de banheiro e papéis, em cujo chão talvez ainda haja uma camisa com duas letras garrafais num azul de céu turvo.

Deixo o catálogo de lado.

Deixo os olhos pousarem na paisagem gelada da tela de fundo, a vastidão branca.

Dirijo o cursor do mouse ao ícone do Outlook e clico duas vezes: 1 new message(s). Quando abro a Caixa de Entrada, vejo que se trata da promoção de um evento num sex